김현영 新무협 판타지 소설

각성 乞人覺醒
거지의 깨달음

걸인

2부 완결

8

걸인각성 8
김현영 新무협 판타지 소설

초판 1쇄 찍은 날 § 2002년 8월 22일
초판 1쇄 펴낸 날 § 2002년 8월 31일

지은이 § 김현영
펴낸이 § 서경석

편집장 § 문혜영
편집책임 § 장상수
편집 § 박영주 · 김희정 · 권민정 · 이종민
마케팅 § 정필 · 강양원 · 김규진 · 안진원

펴낸곳 § 도서출판 청어람
등록번호 § 제1081-1-89호
등록일자 § 1999. 5. 31
어람번호 § 제2-0122호

주소 § 경기도 부천시 원미구 심곡1동 350-1 남성B/D 3F (우) 420-011
전화 § 032-656-4452 팩스 § 032-656-4453
E-mail § eoram99@chollian.net

ⓒ 김현영, 2001

값 7,500원

ISBN 89-5505-164-6 (SET)
ISBN 89-5505-463-7 04810

※ 파본은 본사나 구입하신 서점에서 교환하여 드립니다.
※ 저자와 협의하여 인지를 붙이지 않습니다

각성 걸인

乞人覺醒
거지의 깨달음

김현영 新무협 판타지 소설

2부 완결

8

가장 소중한 것

도서출판
청어람

목
차

1장 베갯잇 송사 / 7
2장 가늘게 피어나는 향기 / 21
3장 광포존자와 신진자 / 29
4장 미랑이라는 이름의 여인 / 43
5장 소중한 것은 잃은 후에 그 가치를 알게 된다 / 55
6장 특별한 사업가 철운 / 65
7장 세상에 알려지다 / 79
8장 후회는 그저 후회로 / 91
9장 견물생심(見物生心) / 111
10장 가지고 있으나 결코 가질 수 없는 것 / 125
11장 석태산의 백미정 / 139
12장 묘진의 보고 / 159
13장 또 다른 비급 / 171
14장 소문은 천리마가 되어 / 185
15장 정파 회의 / 193
16장 배신자에 대한 예우 / 201
17장 곤륜으로 모여드는 군웅들 / 215
18장 침입자들 / 225
19장 오비원의 보물 / 251

마천루 스토리 6(결인각성을 마치며) / 271
2부 들여다보기 / 274

1장

베갯잇 송사

베갯잇 송사

나의 지금을 낳아주신 분은 진인이시다.
그리고 나의 지금을 지탱해 주는 건 그녀.
그녀를 볼 때마다 난 아직도 마음이 설레인다.
나의 사랑하는 그녀…….

— 맹공효.

맹공효는 침상에 누워 생각에 잠겼다.
'부주님, 부디 그곳에선 마음 편히 쉬십시오.'
오늘로 건곤진인 오비원이 세상을 뜬 지 열흘이 지났다. 장례식은 강호 인사들의 참여 속에 엄숙하고도 장엄하게 마쳐졌다. 장례 후로 지금에 이르기까지 어느 곳에도 오비원의 모습을 볼 수 없었다. 그 이름만으로도 두려움에 떨게 하고 혹은 존경심으로 두근거리게 했던 그가 영영 세상과 이별을 고한 것이다.

하지만 천선부인들은 아직까지 그를 보내지 못하고 있었다. 세상 어디에도 없는 오비원이었지만 그들 마음엔 여전히 거인처럼 서 있었다.

오비원의 흔적이 묻어 있는 곳을 볼 때마다 그의 존재감은 더욱 뚜렷이 부각되었다. 그렇게 그는 어떤 곳에서도 존재했다. 그가 자주 거닐던 화원의 구석구석에, 그가 가만히 창밖의 풍경을 감상하던 그 창가에도 향기는 고스란히 남아 있었다.

어찌 보면 정작 오비원은 살아 있는데 단지 사람의 눈으로 보이지 않는 투명체가 되었는지 모른다는 생각도 들었다. 그의 향기는 그만큼 짙게 천선부에 머물러 좀체 떠나려 하지 않았다.

특히 맹공효 같은 경우엔 그 정도가 극히 심했다. 그는 한 호흡을 내쉬고 한 걸음을 떼는 중에도, 또는 천선부 어느 곳을 보던지 간에 오비원의 모습을 보았다.

어찌 잊을 수 있겠는가. 그는 아버지였고 또한 스승이었다. 그를 잊기엔 열흘이라는 시간은 턱없이 부족한 것이었다. 아니, 어쩌면 수십 년이 지나고 생이 끝마쳐지는 그 순간까지도 그를 지우긴 힘들지 모른다는 생각이 들었다.

'당신께서 부탁하신 일은 차질없이 이루도록 하겠습니다.'

양팔을 머리 뒤로 포개고 드러누운 맹공효의 눈은 천장에 새겨진 고리 문양을 향하고 있었다. 하지만 그는 고리 문양이 어떻게 이어지고 어느 지점에서 동그라미가 커지고 어떻게 겹쳐져 문양을 이루는지 따위는 전혀 보지 못했다. 그는 스스로조차도 언제 눈을 깜박이는지 감지하지 못할 정도로 다른 생각에 깊게 사로잡혀 마냥 지난 시간들

속을 헤매며 돌아다닐 뿐이었다. 이 순간 그는 추억으로의 여행자였다.

그런 일이 생길 리는 만무하겠지만 지금 그의 눈동자 위로 조그마한—양 손바닥을 펼쳐 놓은 것만큼이나 조그마한—먹구름이 다가와 비를 쏟아 붓고 간간이 뇌성벽력을 발한다 해도 어쩌면 전혀 알아채지 못할 것만 같이 그는 푹 빠져 있었다.

하지만 그의 상념은 의외로 너무 간단한 소리에 의해 깨어졌다. 그건 고함 소리나 사자후와 같은 커다란 소리가 아니었다. 조용히 간질이듯 들려오는 감미로운 한 사람의 목소리였다.

"진인을 생각하시나요? 너무 마음 아파하지 마세요."

감미러운 목소리의 주인공은 맹공효의 아내 진몽향이었다. 그녀는 공효의 왼쪽에서 구부린 팔을 베고 지그시 바라보며 말을 이었다.

"…진인께선 천수를 누리고 가셨잖아요. 그러니 당신께서 너무 염려하시면 진인께서 저 하늘에서 얼마나 마음이 불편하시겠어요."

그녀는 목소리만 아름다울 뿐 아니라 고혹적인 미모를 지니고 있었다. 현숙한 부인의 자태(姿態) 속에 보일 듯 말 듯 기묘한 매력이 깃들어 있는데 지극히 정갈한 미(美)와 그 사이사이를 관통하는 미세한 요염함이 숨 쉬고 있었다.

호롱불이 살짝살짝 느리게 춤을 출 때마다 음영이 교차하며 그녀의 아름다움을 더욱 눈부시게 빛내주었다. 이제 30대 초반이라고 하기엔 너무도 아련한 미모였다.

맹공효는 느리게 고개를 돌려 그녀를 바라보았다. 질서를 이루지 못한 혼잡한 마음이 그녀의 맑은 눈동자에 닿자 서서히 현실로 돌아오는 듯했다.

"그래, 당신 말이 맞아. 음… 하지만 난 한 가지 일을 한 다음에야 비로소 그분의 지난날을 편하게 추억하게 될 것 같군."

진몽향은 눈동자를 위로 올려 몇 번 깜박이고 입술을 움지락거렸다. 그것은 그녀가 질문 대신에 자주 사용하는 표정이었다.

어떤 경우엔 직접 말을 하는 것보다 작은 동작이나 행동 하나가 더 큰 의미로 다가오기도 한다. 지금 진몽향의 표정이 그러했다.

그건 단순히 '그 일은 무엇인가요?'라고 묻는 것보다 훨씬 고명한 수단이라 할 만했다. 대충 표현을 해보자면 '아마 내게 말하지 않고는 배겨내지 못할걸요?'라고 여유를 부리는 것 같았다.

공효는 그녀가 지어내는 그 모습을 너무도 사랑했다. 그럴 땐 그는 세상의 낙원에 와 있는 착각에 빠져 아무 생각조차 없어지곤 했다.

"그 일은 바로……."

하지만 그 순간 그의 대뇌에 비상 신호가 켜졌다. 그것이 바로 '천보갑'에 대한 것이라는 것을 인식한 것이다.

아무리 부부가 일심동체라고 하지만 진인이 긴요하게 부탁한 일을 간단히 말한다는 게 마음에 걸린 것이다.

'몽향에게 말한다고 해서 무슨 문제가 생기거나 그런 것은 아니겠지. 아니야, 그래도 내가 너무 가볍게 여기는 것은 아닐까?'

맹공효가 망설인 것은 찰나지간이었지만 이런 미묘한 상황에서는 상대방의 입장에선 그 시간이 무척 길게 느껴지는 것이다. 게다가 진몽향은 그런 것을 눈치 채지 못할 정도로 미련스럽지 않았다. 아니, 그녀는 지극히 지혜로운 편에 속했다. 그녀는 이미 공효의 어색한 안색을 대하고 괜히 곤란하게 해선 안 된다고 생각했다.

"말씀하지 마세요. 그것이 어떤 일이든 저는 상관없답니다. 단지 위험스런 일만 아니라면 좋겠어요. 그 일이 무엇인지는 모르지만 한 가지 부탁드릴 것이 있어요."

맹공효는 부인에게 미안함을 감출 수 없었다. 천보갑과 관련된 일이 너무도 막중한 건 사실이었지만 부인의 자상한 말을 듣고 있자니 자신이 십대 소년이 된 기분이 들었다. 그리고 부인은 어머니가 된 듯했다.

"부탁이 뭐지?"

"그전에 혼자 조용히 여행을 다녀오시는 것은 어떨까요? 진인이 떠난 후로 당신이 너무 힘들어하시는 것 같아 옆에서 지켜보기가 여간 걱정스럽지 않답니다."

맹공효는 자신을 위하는 아내의 마음에 가슴이 따뜻해졌다. 그는 어색한 표정을 풀고 살며시 미소를 지었다.

'이리도 착한 부인에게 내가 굳이 숨겨둔다는 것도 우스운 일이잖는가.'

천보갑이 아니라 그보다 더한 것이라 할지라도 이런 여자라면 어떤 걱정도 할 필요가 없을 것이다라는 생각이 들었다. 그리고 문득 여행을 다녀오라는 말을 듣자 마음 한구석이 찌르르 울렸다.

가만히 기억을 더듬어보았다.

이제껏 그녀와 10년 가까이 살며 여행을 다녀본 것이 언제였는지 기억조차 나지 않았다. 특별한 임무를 띠고 강호를 다니기 바빴을 뿐 그녀와 함께 여유롭게 산천을 구경한 적은 없었던 것이다.

게다가 둘 사이엔 아직까지 아이가 들어서지 않은 터였다. 맹공효는 비록 무골이지만 적어도 여자들이 얼마나 아이를 원하는지, 그리고 남편을 위해서 얼마나 아이를 낳고 싶어하는지 정도는 잘 알고 있었다. 하지만 마음 고생이 많을 텐데도 그녀는 전혀 내색조차 하지 않았다.

"여행이라……."

미소를 지으며 조용히 뇌까리긴 했지만 그 말속에는 미안함이 가득 담겨 있었다.

'참으로 나는 무심한 남편이었군.'

특히 이번에 천보갑을 전해주는 일 또한 떠나게 되면 돌아오기까지 그 기간이 적어도 1년 가까이는 될 것이 분명했다.

진몽향이 빙긋 웃으면서 말했다.

"정말이에요… 제 걱정일랑 마시고 시간을 내보세요."

맹공효는 그녀의 진심 어린 말에 한없이 미안해졌다.

'여행이라… 그래, 그것도 나쁘진 않겠구나. 함께 가는 거야. 그것이 천보갑을 전하는 데 있어서는 오히려 자연스러워 보일지도 모르잖는가. 좋아.'

공효는 마음으로 결정을 내리고서 그녀의 눈을 바라보며 말했다.

"사실은 이번에 진인께서는 내게 돌아가시기 직전에 중한 부탁을 하셨다오."

"말씀하지 않아도 된다고 했잖아요."

그녀는 고의로 눈살을 찌푸리며 짐짓 화난 표정을 지어 보이고 말을 이었다.

"…어쩌면 제가 들어서는 안 되는 것일지도 모르잖아요. 게다가 제게 말하고 나서 나중에 후회하게 될지도 모른다구요."

하지만 그녀의 말은 도리어 맹공효에게 더욱 믿음을 심어주는 일이 될 뿐이었다. 공효는 살짝 다가가 그녀의 이마에 입을 맞춘 후 다정하게 말했다.

"그런 걱정일랑 마. 세상천지에 내가 당신을 믿지 못한다면 과연 누구를 믿을 수 있겠어."

그러면서 공효는 진인의 넷째 아들인 오유태에게 천보갑을 전해야 한다는 이야길 해주었다.

"진인께서는 떠나시기 오 일 전에 나를 부르셨다오."

공효는 천보갑 안에 무엇이 들어 있는지에 대해서만 말하지 않고 그 외 부분들에 대해 자세히 말해 주었다. 진몽향도 쫓겨난 넷째 도련님에 대해 잘 알고 있었다.

천선부인으로서 훗날 천선부를 잇게 될 것이라 알려졌던 천고의 기재를 어찌 모를 수 있겠는가.

그녀는 말이 이어지는 중간에 문득문득 묻고 싶은 호기심이 일었지만 꾹 눌러 참으며 귀를 기울였다.

"…진인은 지난날을 후회하셨어. 그분은 아마도 진심은 그것이 아니었다는 말을 하고 싶으셨던 것 같아."

맹공효의 말속에는 화사한 빛덩어리 하나가 어느덧 천선부에서 뻗어 나가 저 멀리 오유태가 거하고 있는 멀고 먼 곤륜산까지 닿아가는 느낌이 들어 있었다.

"천보갑이 그리 대단한 건가요?"

약간 고개를 갸우뚱거리며 내뱉는 말에 맹공효는 몽향을 슬쩍 바라보고 씨익 하고 웃었다. 웃음에도 여러 종류가 있게 마련인데, 지금 그가 보인 웃음은 '무조건(無條件)적으로 웃음이 나와 어쩔 수 없었다' 라는 듯한 웃음이었다.

어느 정도 강호에 식견을 갖춘 자라면 이런 질문을 태연자약하게

베갯잇 송사 15

내뱉는 그녀를 보고 눈알을 휘둥그레 뜨며, 혹은 핏대를 세우며 이렇게 말할 것이다.

―천선부 사람이 맞소이까? 허허, 거참.
―무식한 건지 아니면 순진한 건지 원.
―에이, 농담도 지나치시구려.
―지금 장난하는 거유~

하지만 진몽향의 얼굴 어디를 봐도 장난기나 농담을 하고 있는 것처럼은 보이지 않았다. 그런 모습은 공효에겐 도리어 신선함이었다. 키가 큰 사람은 작은 사람을 동경하고 키가 작은 사람은 키가 큰 사람을 동경하는 것처럼 자신과는 다른 사람에게서 묘한 매력을 느끼게 되는 법이다.

누구나가 상식적인 일에 상식적인 반응을 보여야 하는데 상식을 짓뭉개고 뛰어넘어 담담하게 반응한다면 그는 바로 신선한 자가 될 것이다. 그처럼 몽향은 공효에겐 신선했다. 10년 가까이 살아온 지금조차도 신선했다.

'중원 최강의 힘을 자랑하는 천선부, 바로 이곳에서 초보적인 무공 수준에 강호 보물이 무엇인지도 모르는 당신은 험한 절벽가에 피어난 한 떨기 아름다운 꽃이구려.'

"해주고 싶은 말이 있는데……."

공효는 미소 띤 얼굴로 약간의 뜸을 들여 집중토록 한 후 바로 말을 이었다.

"천보갑 따윈 당신에 비하자면 아무것도 아니야. 하하하."

"흐음, 근데 왜 웃는 거죠? 으음… 어째 저로선 놀림당하고 있는 기분이 드는걸요?"

"하하, 이거 들켜 버렸는걸."

"진짜 놀렸군요. 에잇, 참을 수 없어."

진몽향은 새초롬한 얼굴을 한 채 양손으로 마구 맹공효의 가슴이며 옆구리를 꼬집었다.

"어이쿠, 한 번만 용서해 줘. 한 번만~ 아이구, 사람 살려~"

"계속 소리치면 더 괴롭히고 말 거예요."

"사람 살려~ 이건 호조수(狐爪手)다~ 사람 살려~"

"뭐라구요? 그럼 제가 여우란 말예요? 가만 안 둘 테다. 이얍~"

"어이쿠! 그만그만! 꼬리가 아홉 달린 여우의 공격은 너무 무서워~"

침상이 요동 치는 가운데 두 사람은 깔깔거리며 장난을 멈추지 않았다. 현숙할 때를 알고 또 마음을 풀어줄 때는 어린아이처럼 장난질 칠 줄 아는 여인이 바로 진몽향이었다.

한참 동안이나 웃고 떠든 후 어느 정도 잦아들게 되었을 때 진몽향이 물었다.

"그런데 그 이야기는 왜 제게 하신 건가요?"

맹공효가 진지한 얼굴로 말했다.

"천보갑을 전하는 길에 당신과 함께 가려는 거지."

진몽향은 솔직히 전혀 기대하지 않고 있었던 터라 얼굴이 순간 기쁨으로 물들었다.

"정말이세요?"

하지만 그 말이 끝나기가 무섭게 그녀는 기뻐했던 것만큼이나 빠르게 다시 본래의 안색으로 돌아와 가만히 고개를 가로저었다.

"전 가지 않겠어요."

물끄러미 바라보며 몽향이 말했다.

"…하지만 가지 않아도 간 것만큼이나 기뻐요. 당신이 날 얼마나 소중하게 여기는지 알았으니까요."

맹공효가 그녀의 머리를 가슴에 꼭 끌어안았다. 분명 두 사람인 것이 확실했지만 지금 이 순간은 하나가 된 것만 같았다.

"그동안 내가 너무 무심했었어. 이번엔 꼭 함께 가도록 해. 내일 신임 부주님께 말해 놓을 테니 미리 준비해 둬. 알겠지?"

진몽향이 고개를 들고 공효를 바라보았다. 어느새 그녀의 눈에는 눈물이 고여 있었다. 그 눈물 속에는 사랑과 고마움이 가득 담겨 있었다.

맹공효는 웃음기 어린 얼굴에 약간 과장된 표정을 지어 보이며 말했다.

"자, 그럼 이제 우리 자야지?"

진몽향이 부끄러운지 홍조 띤 얼굴을 숙였다. 두 사람 사이에 따뜻한 공기 층이 형성되어 감돌았다. 마치 솜구름이라도 뭉게뭉게 피어나 그것이 잠시 투명해진 것만 같았다. 그 외의 것들은 둘 사이에 그 무엇이라 할지라도 끼어들지 못할 듯이 보였다.

쉭.

맹공효가 가볍게 손을 흔들자 멀리 있던 호롱불이 작은 연기를 피워 올리며 꺼졌고 두 사람은 그렇게 마음과 몸이 하나가 되어 어둠에 묻혔다.

* * *

"닷새 후에 떠나도록 하겠습니다."

맹공효의 말에 천선부의 신임 부주가 된 오경운이 고개를 끄덕였다. 부주 오경운은 맹공효가 어디를 가는지, 무엇을 가지고 가는지에 대해선 전혀 알지 못했다. 그로선 단순히 맹공효가 아버지의 죽음으로 충격을 받아 마음을 추스를 만한 시간이 필요한 것으로만 여겼다.

"음… 좋아, 그렇게 하게나."

현재 강호의 태평함을 볼 때 크게 대수로울 것이 없어 보였다. 오경운은 이미 장례식 후 삼 일째 되는 날 맹공효에게 허락을 한 상태였고 이제 정확히 닷새 후에 떠난다는 것도 그저 보고를 받는 것에 불과하다 여겼다.

"그런데 한 가지 청이 있습니다."

"뭔가?"

"이번 여정에 아내와 함께 길을 갔으면 합니다만……."

"음……."

그 제안에 오경운이 고개를 두어 번 끄덕거렸다. 함께 가는 것이 마음을 추스르기 좋을지 아니면 따로 훗날 둘만의 시간을 갖도록 배려하는 것이 좋을지 생각해 보았다.

"……."

"괜찮을까?"

되물어오는 말에 공효가 답했다.

"소중한 사람이 곁에 있어준다면 마음은 더 안정될 듯싶습니다."

공효는 천보갑에 대해 말하지 않고 숨길 수밖에 없는 것에 오경운을 똑바로 바라보기가 죄스러웠다. 하지만 유언과도 같이 오비원이 절대로 천보갑에 대해 알리지 말라고 당부했기에 어쩔 수 없는 노릇이었다.

"으음… 듣고 보니 오히려 그 말도 일리가 있군. 두 사람이 혼인한 지 얼마나 되었지?"

"몇 달 후면 10년이 됩니다."

"벌써 그렇게 되었군. 그동안 특별히 여행을 다녀온 적이 있었나?"

말이 이 정도로 진행되었다면 성공이나 다름없었다. 맹공효의 머리로 아내 진몽향이 기뻐하는 모습이 떠올랐다.

"아직……."

"그렇군. 그럼 이번에 함께 가도록 하게나. 하지만 두 사람이 돌아오게 될 때는 반드시 밝은 표정이어야만 하네."

"물론입니다."

이야기가 끝난 후 돌아서는 맹공효의 뒷모습을 오경운은 왠지 막연하게 바라보았다.

2장
가늘게 피어나는
향기

가늘게 피어나는 향기

나는 꽃과 나무를 사랑한다.
그리고 꽃과 나무를 사랑하는 사람을 사랑한다.
하지만 그보다 더 사랑하는 것은
바로 그 속의 은밀한 것을 나는 더욱 사랑한다.

―석춘원의 적점자 만홍.

진몽향이 이른 곳은 석춘원(石春園)이었다. 이곳은 화원(花園)으로 달리 붉은 석춘원이라고도 불려졌다. 그 까닭은 석춘원의 주인인 만홍의 이마에 붉은 반점이 얼룩져 있어 그와 화원을 연관 지어 부르게 되었기 때문이다. 그래서 사람들은 만홍을 칭하길 적점자라 부르기도 했다.
　이곳은 진몽향이 정기적으로 한 달에 한 번 들르는 곳이었다. 그녀가 꽃과 나무를 좋아하는 이유도 있었지만 무엇보다도 천선부 내에서 초온진이라는 이름의 화원을 가꾸고 있었기 때문이다.

　이제 남편과 함께 떠나게 된 터라 그녀는 눈과 마음에 가득 아름다운 꽃을 담고 싶은 모양이었다.

　적점자 만홍에게 있어 그런 진몽향은 매우 귀중한 손님이었다. 그는 상인이라고 하기엔 거리가 먼 사람처럼 보였는데 소탈한 성격 탓에 이익을 챙기는 데는 둔할 것처럼 보였다. 하지만 꽃과 나무에 파묻혀 지낸다 해도 천선부가 얼마나 대단한지는 알고 있었다.

　그래서 적점자는 그녀가 올 때면 언제나 그 대접이 극진하기 이를 데 없었다. 천선부에 대한 경외감이 그녀에게로 옮겨지는 것이다.

　"잠시만 기다리십시오. 곧 주인님을 모시고 오겠습니다요. 그러잖아도 주인께서는 부인이 언제 오시나 기다리셨던 차랍니다."

　화원에서 일을 돕고 있는 무강이었다.

　"또 진귀한 것을 구하셨나 보군요?"

　그녀는 무강이 이렇게 말할 때마다 적점자가 대단히 진귀한 식물을 보여주곤 했던 터라 이번에도 귀한 것을 구한 것이라 생각했다.

　"이번에는 그전과는 비교할 수 없을 만큼 정말 깜짝 놀라실 겁니다요."

　무강은 뭐가 그리 좋은지 싱글거리는 얼굴에 연신 머리를 조아린 후 바쁘게 사라졌다.

　얼마 후에 적점자 만홍이 날듯이 달려왔다. 이제 60세를 바라보는 나이에 그는 비쩍 마른 몸과는 어울리지 않게 부드러운 인상에 소탈한 외모를 지녔다. 특이한 것은 이마에 난 붉은 반점이 꽤나 강렬한데도 그의 부드러운 얼굴과 합쳐지면 묘하게 어울려 더욱 부드럽게 해주는 것 같았다.

비쩍 말랐다는 것은 그가 매우 부지런한 사람이란 걸 의미했고 거기에 부드러운 인상을 지녔다는 것은 식물을 돌봄에 지극함을 뜻했다.
"어이쿠, 이제야 오셨군요. 그동안 바쁘셨나 봅니다."
"이번에는 또 무엇을 보여주려고 그러시나요? 기대되는걸요."
그녀는 대답 대신 호기심 어린 말투로 물었다.
"정말 기대해도 좋습니다. 이걸 보여 드리고 싶어 근질근질한 것을 겨우 참았지 뭡니까?"
원래 명품은 아무리 훌륭하다 할지라도 그것의 가치를 모르는 자 앞이라면 무용지물인 셈이다.
그녀가 말 대신 표정으로 궁금하다는 듯 눈을 동그랗게 뜨자 적점자가 빙긋 웃고 길을 인도했다.
"저를 따라오십시오."
굽이굽이 길을 가는 동안 나무와 꽃들이 제각기 그 멋을 뽐내며 걸어가는 길마다 푸르름과 아름다움을 자랑했다. 어찌 보면 평범해 보이는 것들이었지만, 사실 거기 있는 것들은 하나같이 대단한 가치를 지닌 것들이었다.
"정말 궁금해지는걸요?"
"하지만 지금 말씀드릴 순 없습니다. 놀라시는 표정을 제가 봐야 하니까요. 하하하."
화원은 매우 컸기에 한참이나 가서야 비로소 목적한 곳에 이를 수 있었다.
"자, 놀라지 마십시오. 바로 이것입니다."
가리워진 채양을 걷으며 적점자가 한 말에 진몽향이 침을 삼켰는지 목 쪽이 꿈틀거렸다.

차락~

순간 진몽향의 눈이 등잔만큼이나 커졌다.

"이, 이건… 옥란(玉蘭)이로군요. 이럴 수가!"

청초하다고 표현하기엔 그 표현이 너무 단순해 보일 것 같은 그런 난이 신비로운 자태와 향을 발하고 있었다.

잎은 가늘고 길었다. 가는 잎은 위로 올라갈수록 점점 작아져서 꽃대 쪽에 이르러 줄기에 밀착하여 흔적만 나 있었다. 꽃대에는 수송이의 꽃이 아래로부터 피어났는데 해맑은 흰색의 꽃잎과 긴 꽃 꼬리의 연록색이 이루는 조화가 신비롭기까지 했다.

몽향의 이런 반응은 적점자를 기쁘게 했다. 그의 표정엔 역시 기다린 보람이 있었다, 보고 기뻐함이 나의 기쁨이다라는 뜻이 역력히 드러나 있었다.

"그렇습니다. 보신 바대로 난초의 제왕이라는 옥란입니다."

"옥란을 보게 될 줄은 생각지도 못했는걸요."

그녀의 얼굴엔 아직까지도 믿어지지 않는다는 듯한 표정이 역력했다.

"어쩜 이렇게 고울 수가 있나요."

"그렇지요. 저도 요즘 잠을 이루지 못하고 있지 뭡니까. 하지만 진귀한 것을 나눌 만한 분이 없어 안타까워하고 있었는데 마침 부인이 오셔서 지금 저로서도 기쁨을 헤아릴 수 없군요."

두 사람은 한참 동안이나 옥란을 앞에 두고 즐거운 대화를 나누었다. 은은히 피어나는 난 향은 어떻게 표현할 길이 없으리만치 기묘했다.

얼마쯤 지났을까. 저만치서 무강이 달려오더니 적점자에게 호들갑스럽게 말했다.

"어르신, 지금 막 공환님께서 오셔서 찾고 계십니다."

그 말에 적점자의 얼굴이 일순 어두워졌다. 공환은 50대의 갑부로 석춘원으로서는 놓칠 수 없는 고객이었지만 식물을 아낀다기보단 그저 과시용으로 생각하는 이였다. 적점자는 좋은 기분이 날아가 버린 표정을 지어 보이다가 얼른 진몽향에게 말했다.

"그럼 전 잠깐 가보겠습니다. 차를 드릴 테니 부인께선 편안히 앉아 옥란을 감상하십시오."

진몽향이 고개를 끄덕여 화답했다.

"네, 저는 신경 쓰지 마시고 어서 손님을 맞으세요."

적점자와 무강이 사라진 후 진몽향은 여러 각도에서 옥란을 감상하며 연신 감탄을 발했다.

그러다 어느 한순간 그녀는 품에서 작은 종이 쪽지를 꺼내 옥란의 화분 아래에 슬그머니 집어넣었다.

그녀는 약 일 식경 정도 옥란을 살핀 후에 석춘원을 나섰다.

그녀가 떠난 후 적점자 만홍이 석란 쪽으로 다가가 화분 밑에서 종이 쪽지를 꺼냈다. 그건 너무 자연스럽게 이루어진 손놀림이었다. 마치 거기에 쪽지가 있는 것이 당연하다는 듯, 언제나 그렇게 해왔었다는 듯한 행동이었다.

가만히 쪽지를 펼쳐 본 적점자의 눈은 아까의 그 부드럽고 소탈한 눈빛이 결코 아니었다.

그의 눈은 그의 이마에 난 붉은 반점만큼이나 강렬하기 이를 데 없었다.

3장 광포존자와 신진자

광포존자와 신진자

사부, 난 당신을 넘어가야만 하오.
그대를 미워함이 아니라 단지 내가 가는 그 길에
당신이 있기에 난 넘어가야만 하는 것이오.
당신이 내게 베푼 정과 의는 잊지 않겠소.
하지만 당신은 쓰러져 주어야겠소.

―신진자.

맹공효는 아내의 손을 꼭 쥐고 걸음을 옮겼다. 이렇게 좋은 걸 왜 그리 시간을 내지 못했는지 스스로가 한심하고 바보스럽기까지 했다. 늦은 감이 있지만 그나마 지금이라도 사랑하는 아내와 손을 맞잡고 산천을 노닒이 그저 감사하고 기쁠 따름이었다.

그는 쉽게 감정에 의해 움직이는 사람은 아니었지만 지금 이 순간은 철저히 감정에 몸을 맡겼다. 그러자 산과 들, 그리고 보잘것없는 풀조차도 모두가 아름답게 보였다.

맑은 날은 물론이거니와 꾸물거리는 날씨 속에서도 그건 오히려 운치를 더해주는 풍경의 하나로 여겨졌다.

하루하루가 어떻게 지나가는지 몰랐다. 간혹 등에 멘 봇짐 속에 담긴 천보갑에 생각이 미칠 때면 표정이 조금 굳어지며 신중해지긴 했지만 그렇더라도 그것이 지금의 설레임을 억누를 정도는 아니었다.

그렇게 두 사람은 자연이 만들어낸 장엄함과 신비로움, 그리고 눈을 정결케 하는 듯한 산천의 아름다움을 만끽하며 멀고 먼 곤륜으로 발걸음을 옮겼다.

흔히 곤륜산은 하늘에 닿을 만큼 높고 보옥(寶玉)이 나는 명산이라 불렀다. 전국시대 이후로는 그 절경들로 인해 신선들의 거처로 설명되어지기까지 한 그곳이 바로 천보갑이 가야 할 최종 목적지였다.

비록 진몽향의 미숙한—미숙하다고 말하기에도 좀 과장된 기분이 들 정도로 미숙한—무공 실력이 빠른 행보를 방해하긴 했지만 맹공효로서는 그것을 오히려 호재(好材)로 생각했다.

그녀와 좀 더 느긋하게 여러 곳을 살필 수 있음에 대한 정당성이 부여되는 것이었기 때문이다.

또한 천보갑을 전함에 있어서 빠른 시일에 전하는 것보다는 좀 더 안전하게 전하는 것이 중요하기도 한 터라 그다지 문제될 점은 없었다.

물론 천보갑을 전한 후에 다시 천선부로 돌아오는 길은 시간과 사명에 구애받지 않고 편히 여행을 즐길 수 있을 것이지만, 맹공효나 진몽향으로서는 그때까지 기다리며 진지하게 지금을 보낼 마음가짐은 아니었다.
　함께 길을 떠나온 지 약 한 달이 지났다. 그 한 달여는 마치 하루나 이틀과 같이 여겨져 문득 날짜를 계산해 보았을 때 깜짝 놀라며 '어라, 벌써 한 달이 지난 건가?' 라고 놀랄 만한 그런 시간들이었다.
　시간은 마법과 같아서 어떨 땐 일각이 수년처럼 느껴지기도 하고 수년조차도 단 며칠이 지난 것처럼 여겨지기도 하는 것이다. 인간이 그만큼 감정적이라는 뜻이리라.
　지난밤을 마을 객점에서 보내고 두 사람은 대나무 숲으로 유명한 고문산(高問山)을 지나게 되었다. 고문산은 '높음을 묻는 산' 이란 뜻을 지니고 있었는데 여기에는 지난 과거의 전설이 담겨 있었다.
　맹공효는 4년 전 독고세가의 일로 이곳에서 구룡회 잔당들과 일전을 벌인 적이 있었던 까닭에 이곳의 지형과 고문산에 대해 잘 알고 있었다.
　그가 고문산을 지나치려 함에는 지름길이라는 의미도 있었지만 또 하나는 아내에게 고문산의 유명한 유적을 보여주고 싶었기 때문이다.
　"좀 쉬었다 갈까?"
　맹공효가 중턱을 넘어서는 중에 두세 사람이 앉기에 적당한 바위를 가리키며 말했다.
　"저야 쉬어 가면 좋지만 저 때문에 너무 늦는 것 같아 죄송스러운 걸요."
　진몽향은 죄송스럽다는 말과는 달리 어느새 몸은 바위 위에 걸터앉고 있었다.
　어느덧 그녀의 이마엔 구슬땀이 가득 맺혀 있어 바위에 앉게 되자 구슬땀 서너 개가 미간과 콧잔등을 타고 주르르 미끄러지며 턱에 고

이더니 바닥으로 떨어져 내렸다.

"하하하, 아직도 고집을 부릴 셈인가? 조금만 경신법을 배워도 좀 더 수월하게 길을 가게 될 텐데 말야."

맹공효는 오는 동안 그녀에게 내공을 운용하여 신법을 펼치는 효율적인 방법들에 대해 배우는 것이 좋겠다고 말했었다. 하지만 그녀는 부끄럽다고 말하며 그냥 이대로가 좋다고 할 뿐이었다.

빨리 달리는 모습이 그리 곱게 보이지 않을까 염려스러운 것인지 아니면 은근히 보호받는 즐거움을 만끽하려는 것인지 공효로서는 알 길이 없었다.

"전 그냥 이렇게 한번씩 쉬면서 시원한 바람을 느끼는 것이 더 좋은걸요."

"하하, 거참."

한줄기 바람이 두 사람을 스치고 뒤쪽에 병풍처럼 서 있는 대나무 숲을 지났다.

쏴아아—

가만히 눈을 감고 뒤쪽에 대나무가 없다고 생각한다면 언뜻 작은 폭포가 내리치는 소리로 들릴 만큼 시원한 음향이 났다.

약차 한 잔 마실 동안 바람결에 땀을 식힌 후 두 사람은 다시 발을 뗐다. 한참을 가자 고문산의 유적에 대한 팻말이 보였다. 그 팻말은 커다란 소나무 아래 단단히 박혀 있었는데 오른쪽 방향으로 화살촉처럼 깎아놓아 갈 길을 알려주고 있었다.

고문벽화(高問壁畵).

이곳은 강호인들에게 있어서는 꽤나 이름이 알려진 터라 벽화가 있는 쪽으로 향하는 사람들도 따로, 혹은 무리를 지어 향하고 있는 중이었다.

 "이제 조금만 가면 벽화가 나올 거야. 아마 당신은 보게 되면 입을 쩍 벌리고 말걸."

 "그 정도예요?"

 "아무렴."

 공효가 고문산에 오르기도 전에 수차례 벽화에 대해 찬사를 늘어놓았던지라 그녀의 '기대되는걸요' 혹은 '정말요?' 라는 답변도 수차례 이루어졌지만 그녀는 그때마다 정말 기대되는 것처럼 진지하고 생동감있게 말했다.

 아마 그런 이유 탓인지 맹공효는 자꾸만 같은 말을 하면서 빨리 보여주고 싶어하는지도 몰랐다.

 사람은 누구나 자신의 말이 누군가에게 기대를 불러일으키고 호응을 받는다는 것을—매우 작아 보여도—실은 중요하고도 기쁘게 느끼니 말이다.

 중간중간 팻말이 그 방향을 지시하며 거리가 얼만큼 남았는지 알려주고 있었다. 앞쪽으로 대략 20여 명의 사람들이 모여 시선을 멀리 두고 살피고 있는 광경이 보였다. 이곳이 최종 목적지라는 것을 알 수 있는 모습들이었다.

 하지만 진몽향으로서는 벽화가 어디에 있다는 것인지 도통 이해하기 어려웠다.

 "설마 이곳은 아니겠죠?"

 그녀가 약간 의아하다는 듯 어깨를 으쓱해 보이며 물었다.

"아니긴, 바로 이곳이야."

"음? 이곳은 기암절벽만이 늘어서 있을 뿐이어서 어디에도 벽화라곤 보이지 않는걸요?"

실제로 팻말은 이곳이 종점이라고 말해 주고 있었지만 그녀의 눈은 그것을 인정할 수 없었다. 중요한 건 팻말이 아니라 벽화가 아니던가 말이다. 팻말이야 실수로 잘못 옮겨질 수도 있는 것이다.

사람들이 모여 있는 곳은 안전사고를 방지하기 위해 벼랑 끝자락에 난간을 설치해 놓았고 그 밑은 보나마나 끝을 알 수 없는 절벽일 것임이 확실했다.

땅이나 혹은 하늘에도 벽화는 보이지 않았다. 그리고 오던 길 어느 곳에도 벽화 따윈 없었다. 게다가 지금 사람들의 시선이 닿는 곳은 다른 봉우리의 절벽일 뿐이었다. 그녀는 눈을 빠르게 깜박거리고 입술을 실룩거리면서 이해할 수 없다는 듯이 맹공효를 바라보았다. 그건 맹공효가 제일 재밌어하는 표정이었다.

"하하하… 자, 이쪽으로 올라가서 살펴보도록 할까. 사람들 뒤쪽에선 벽화를 감상하기에 적합하지 않거든."

그는 진몽향을 붙들고 관망하기 좋은 곳으로 암벽을 타고 살짝 올라갔다. 발을 디딜 만한 공간이 충분한 지점에 이르렀고 그곳은 눈앞이 탁 트여 있어 여러 봉우리들의 깎아지른 듯한 절벽을 한눈에 볼 수 있었다.

맹공효가 손으로 절벽 너머를 가리켰다.

"저곳을 봐!"

진몽향이 주의 깊게 보기 위해 두 눈에 힘을 주고 손가락을 따라 살폈다.

하지만 허사였다.

그녀의 눈에는 역시 아무것도 보이지 않은 것이다.

"에이, 이곳은 벽화가 아니라 다른 것으로 유명한 거 아니에요?"

그럴 만도 한 것이 진실로 그녀의 눈에는 그저 산 위에서라면 어디서나 볼 수 있는 그런 절벽의 절경만이 보일 뿐이었던 것이다.

"하하, 모두들 처음에는 그렇게 말하지."

맹공효는 유쾌한 듯 웃어 젖힌 후 그때부터 자세히 설명하기 시작했다.

"자, 내 손끝을 따라 저기 위쪽을 봐. 저기 둥그스레 파인 곳이 머리야. 그리고 그 부분부터 쭉 따라 내려오면 사람의 몸통이 보일 거야."

거기까지 들은 후 진몽향의 눈은 점점 커지더니 끝내는 등잔만큼이나 커져 버렸다. 아무것도 없는 것으로 여겼던 거대한 절벽은 그 자체가 통째로 위로부터 아래까지 한 폭의 그림으로 나타났다. 그건 마치 먹구름에 가려 있던 하늘에 구름이 걷히면서 찬란한 햇살이 드문드문 새어 나오다가 끝내는 온 하늘이 햇살로 가득 차고 푸르름을 나타낸 것만 같았다. 그렇게 절벽은 한 폭의 그림으로 변했다.

"오오……!"

그녀는 스스로 감탄사를 발하고 있는 줄도 인식하지 못하고 입을 크게 벌렸다. 맹공효는 옆에서 그 모습을 기쁜 듯 바라보았다. 이제껏 그토록 기대하라고 했던 말이 결코 헛되지 않았다고 말하는 것같이 보였다.

워낙 장대하였기에 보이지 않았던 대벽화는 이제 살아 있기라도 한 듯 점점 더 선명하게 드러났다. 벽화의 그림은 두 사람을 보여주고 있었다. 왼쪽 편에 한 사람이 무릎 꿇고 고개를 숙이고 있었고 오른편에는 신선의 풍채가 느껴지는 노인이 선 채로 한쪽 손을 들어 하늘을 가리키고 있었다. 그 위로 구름이 점점이 새겨져 있었는데 그 장엄한 광경은 실로 마음을 압도하기에 충분했다.

맹공효가 조용조용히 말을 꺼냈다. 감탄의 여흥을 깨뜨리고 싶지 않았던 것이다.

"저 벽화는 광포존자와 그의 제자인 신진자가 대화를 나누는 장면이라오."

진몽향은 이때 저 두 사람의 사연을 듣고 싶었던지라 공효를 바라보고 귀를 쫑긋 세웠다.

"……?"

맹공효가 입가에 미소를 짓고 말을 이었다.

"제자인 신진자가 이렇게 물었다오. 사부님, 진정한 강함은 무엇입니까?"

이 말을 시작으로 공효는 광포존자와 신진자에 대해 설명하기 시작했다.

1,500년 전인지 아니면 그보다 더 오래전인지는 정확히 알 수 없었다. 대충 누구라도 이 말을 할 때는 누구나 약 1,500여 년 전쯤이라고 설명했다. 바로 그 까마득한 과거에 무공의 높음이 가히 신선의 경지에 닿을 정도가 된 광포존자가 있었다.

그의 무공은 일거(一擧)에 산을 두 조각내고 일지(一指)에 바다를 가르는 지경에 이르렀는데, 그에겐 유일한 후계자로 신진자라는 제자가 있었다.

호랑이가 강아지를 기르는 법이 없듯 신진자의 자질은 그의 사부 광포존자에 버금가는 것이었다.

그렇게 신진자가 사부 광포존자로부터 무공을 전수받은 지 삼십 년이 되었을 때 신진자가 무릎을 꿇고 사부에게 물었다.

"사부님, 온 세상에서 가장 강한 존재는 누구입니까?"

광포존자가 잔잔히 제자를 바라보다가 손을 들어 하늘을 가리켰다.

"세상에서 가장 강한 존재는 이 사부다. 하지만 온 세상을 좌지우지한다 할지라도 결국 하늘 아래 놓여 있을 뿐이니 그게 대수로울 것이 있겠느냐?"

"하늘을 뛰어넘을 순 없습니까?"

"내가 아무리 높이 오른다 해도 언제나 저 하늘은 날 가만히 내려다보고 있을 뿐이다. 어찌 하늘과 비견할 수 있겠느냐? 너는 강한 자가 되려는 노력보다 하늘 아래 있음을 아는 사람이 되도록 하여라. 강함은 거기에서부터 나올 것이다."

광포존자는 제자의 질문이 강함에 대한 호기심에서 나온 것이라고 여겼지만 이미 이때 신진자의 마음은 사부를 넘어서려 했다. 최고가 되기 위해 넘어야 할 당연한 과정이었던 것이다. 사부는 하늘에 도전하기 위해 꼭 쓰러뜨려야 할 장애물이었다.

폭우가 쏟아지는 날.

신진자는 사부인 광포존자에게 도전하게 되고 이틀 동안 이어진 대결 끝에 광포존자는 비참한 최후를 맞았다. 하지만 신진자도 무사하진 못했다. 그의 오른팔이 날아갔고 한쪽 눈은 실명하고 말았다. 또한 기운이 쇠해 그는 더 이상 최강의 자리에 있을 수 없었다.

그 뒤로 그의 행적은 묘연해졌는데, 언제부터인가 산 절벽가에 한 노인의 형상과 중년 사내의 모습이 새겨지게 되었다.

　전해져 오길 이건 필시 하늘이 벼락과 번개로 광포존자와 신진자의 모습을 그려놓았다고 말하는가 하면 한편으로는 신진자가 그날을 회상하며 남은 혼신의 힘을 다해 절벽에 남겨놓았다고 하기도 했다.

　"…그때부터 이곳을 가리켜 고문산(高問山), 즉 높음을 물었던 산이라 칭하게 되었던 게지."
　이야기를 다 들은 진몽향의 얼굴엔 슬픔이 가득 묻어났다.
　아까까지 그저 장엄한 광경으로 받아들여졌던 절벽 전체에 새겨진 벽화는 이제 위로부터 아래까지 애잔함이란 먹물로 잠겨져 보였다.
　"왜 그런 짓을 했을까요? 그는 가만히 있어도 사부가 떠난 뒤엔 최고가 될 수 있었을 텐데요."
　맹공효도 고개를 끄덕였다.
　"그렇지. 나도 이해가 가질 않아. 사부와 제자 간은 부모와 자식과 같을진대 말야."
　공효는 그녀의 허리에 손을 감고 말을 이었다.
　"광포존자의 비애는 어느 정도였을까? 아마 사랑하는 당신이 날 해하려 하는 것처럼 슬픈 것이었겠지?"
　그 말에 진몽향이 짐짓 서운하여 삐친 듯 눈을 흘겼다.
　그녀는 입술을 삐죽거리며 곧 울기라도 할 듯 움찔거렸다. 맹공효는 양팔을 위로 올리고서 바로 항복했다.
　"하하, 농담이오, 농담. 당신의 마음을 누구보다 더 잘 아는 내가 아니겠소이까."
　"그래도 그런 농담은 앞으로 하지 마세요."

끝내 또르르 소리라도 들릴 듯한 눈물방울이 그녀의 눈에서 흘러내렸다.
"하하하, 바보같이 울긴……."
눈물에 젖은 그녀의 얼굴은 더욱 사랑스럽고 아름다웠다.

4장

미랑이라는
이름의 여인

미랑이라는 이름의 여인

그녀를 사랑한다.
마지막 기억을 지워주오.
그리고 아름다운 추억만이
내게 영원히 기억되도록
그렇게만 남아 있도록 해주오.

—맹공효.

    고문산에는 총 12개의 산봉우리가 있었는데 그중 약암봉은 약숫물이 좋기로 이름 높았다. 대개 약수터는 산 중턱이나 그보다 밑에 자리하는 것이 상식인데, 이곳 약암봉은 특이하게도 봉우리 정상에서 그리 멀지 않은 곳에 약암정이라는 이름으로 자리하고 있었다.
    약수란 원래 비가 오고 난 후 땅속으로 스민 물들이 지하 수맥을 타고 맑게 정제되어 흐르는 것인지라 산 정상 부근에 있다는 것 자체가 괴이한 경우라 할 만했다.

그런 까닭으로 약암정의 약수는 콸콸거리며 나오는 것이 아니라 암벽을 타고 아주 조금씩 흘러나왔다. 어지간히 성미 급한 사람은 물병에 하나 가득 담으려다가는 울화통이 터지기 딱 좋은 양으로 흘러내리는 것이었다.

맹공효와 진몽향 두 사람이 약암정 근처를 지나게 되었을 때 진몽향이 물 호리병을 들어 보이며 말했다.

"제가 약숫물을 담아가지고 올 테니 저기 나무 그늘에서 기다리세요."

"그럴까?"

사실 맹공효는 함께 가고 싶었지만 그냥 그녀가 혼자 가도록 했다. 그녀로서도 무언가 자신이 하고 싶은 일을 하고, 또 해주고 싶은 일을 하는 것이 좋을 것이라 생각했기 때문이다.

맹공효는 약암봉 정상에 놓인 커다란 나무 아래 몸을 기대고 눈앞에 펼쳐진 정경에 사로잡혔다.

멀리 양 떼가 줄을 이어 걷고 있는 듯 펼쳐진 구름이 파란 하늘을 수놓았고 그 아래로는 푸른 산이 멀고 가까움에 따라 제각기 멋진 자태를 뽐내고 있었다.

또한 멀리 시야가 닿는 곳에는 호수가 조그맣게 보였는데 그는 그 호수 이름이 천정호라는 것을 알고 있었다. 그리고 이곳에서 눈으로 보는 것과는 달리 실제로는 매우 크게 자리하고 있음도 잘 알고 있었다.

"멋지구나, 대자연이여……."

저절로 호연지기가 일어나는 듯했다. 하늘 위에 두둥실 떠 있어 그 위에서 판관필을 흔들며 무공을 펼치는 모습도 상상되었다.

그의 기상은 하늘가에 닿고 의기는 구름과 어울렸다. 세상천지를 다 얻은 듯한 통쾌함과 후련함이 온몸을 휘감았다. 언뜻 이러다가 느닷없이 승천이라도 하는 것이 아닌가 하는 착각이 들 지경이었다.

그만의 기분 좋은 환상은 부드러운 발자국 소리에 깨어졌다. 발자국의 주인은 당연 진몽향이었다.

"무얼 그리 골똘히 보셨나요? 자, 여기 시원한 물로 목을 축이세요."

"하하, 당신 먼저 마시지 않구?"

"전 아까 물을 받으면서 마셨는걸요. 호호호."

"하하, 그런 것이었나?"

맹공효는 쾌활하게 웃으면서 물 호리병을 들고 쭈욱 들이켰다. 시원스런 감촉이 목을 타고 식도로 내려가 가슴까지 서늘하게 만들었다.

"카아~ 시원하군."

그 순간 진몽향은 마른침을 꿀꺽 삼키고 맹공효를 뚫어지게 바라보았다. 옆에서 누가 지켜봤다면 아마도 물 마시는 사람을 태어나서 처음 보는 사람인 줄 알았을 정도로 긴장하고 있는 듯이 보였다. 맹공효는 입가에 묻은 물을 소매로 훔쳐 내고서 껄껄거렸다.

"이제 보니 전혀 물을 마시지 않았나 보군. 자, 이제 마셔보……."

하지만 맹공효는 자신의 말을 끝맺지 못했다. 그뿐 아니라 그의 눈은 너무도 놀라 부릅떠진 채 경악에 물들었다.

"어, 어떻게……."

미랑이라는 이름의 여인

그건 신법이라고는 전혀 펼칠 줄 모르는 진몽향이 믿어지지 않는 동작으로 그에게서 멀어졌기 때문이었다.

맹공효는 간신히 눈을 풀고 어깨를 으쓱거리며 이해할 수 없다는 듯 말을 더듬었다. 약간의 여유를 찾은 듯 그의 얼굴엔 작게나마 미소가 어렸다. 하지만 진몽향은 달랐다. 그녀의 얼굴은 이제까지 보여왔던 모습이 아닌 다른 모습으로 점점 변해갔다. 정겨운 미소 대신 비웃음이 입가에 머물렀고 따스한 눈길은 독한 뱀의 눈처럼 표독스러워졌다. 그런 까닭에서인지 그녀의 몸에서도 사악하고 요사스런 기운이 흘러나오는 듯했다.

서서히 진몽향의 얼굴이 변해가면서 반대로 맹공효의 얼굴엔 웃음기가 사라져 가고 얼음처럼 굳어갔다. 그로선 도저히 믿을 수 없었다.

'이건 아니야… 오호, 이런. 꿈인가? 그래, 난 그녀가 물을 받으러 간 사이 꿈을 꾼 거야. 양떼구름이 지나는 걸 보면서 너무 포근하게 느낀 거겠지.'

하지만 그렇게 속으로 외칠수록 그는 꿈이 아니라는 것을 더욱 깨달아가기만 할 뿐이었다.

'그녀가 아니야! 저 사람은 내 아내가 아니란 말이다!'

맹공효는 속으로 절규하며 자리에서 벌떡 일어났다. 다그쳐 물을 심산이었다. 그가 막 입을 열려 할 때 위가 뒤틀리는 고통과 함께 뜨거운 것이 위로 차고 올라왔다.

"우엑~ 푸우~"

검붉은 선혈이 분수처럼 뿜어졌다. 더불어 온몸이 옥죄는 기분이 들며 내공이 사방으로 흩어지고 있음도 알 수 있었다. 맹공효가 믿을 수 없다는 표정으로 진몽향을 바라보았다.

"호호호, 미련한 놈 같으니. 네놈이 마신 물속에는 소혼독이 들어 있다. 내공이 순식간에 흐트러지고 기를 운용하면 주화입마에 빠지게 되지."

맹공효가 떨리는 음성으로 물었다.

"나, 나의 아내는 어… 어떻게 한 것이냐?"

그는 지금 죽음을 직감하고 있었지만 오직 그의 관심사는 아내뿐이었다. 필시 눈앞에 있는 요녀는 정교한 인피면구를 쓰고 있는 상태이며 정작 진몽향은 어디엔가 결박 지어져 있을 것이라 생각했다. 아무리 생각해 봐도 눈앞의 요녀는 말 그대로 요녀일 뿐이었다.

"내 아내를 어떻게 했냔 말이다!"

강경하고도 위협적인 말투였다. 이 말을 할 때의 기세는 비록 소혼독에 당했다 할지라도 너 같은 것은 아무것도 아니라는 것 같았다.

"호호호, 아직까지 전혀 감을 잡지 못한 것 같군. 하긴 그만큼 나의 연기력이 뛰어나다는 것이겠지."

"……!"

맹공효는 도저히 그 말을 믿을 수 없었다. 아니, 만일 부정할 수 없는 사실이라고 해도 무조건 인정하고 싶지 않았다. 세상엔 닮은 사람도 많고 역용술에 능한 사람도 많다. 마음만 먹는다면 그 습관까지 똑같이 따라할 수 있을 것이다. 그녀는 어디에 있을까. 어느 곳에서 곤욕을 치르고 있을까. 가슴이 터질 것만 같았다. 그는 내력이 산산조각 나는 충격보다 더 큰 심적 충격으로 부들부들 떨었다.

"그렇게 부들거릴 필요 없어."

진몽향, 아니, 지금 누군지도 모를 여자가 돼버린 그녀는 야비한 미소를 지으며 말을 이었다.

"내 진짜 이름을 알려줄까? 내 이름은 미랑이다. 혈곡에 있을 때는 소혼독을 잘 쓴다 하여 소혼미랑(消魂媚娘)이라 불려졌지. 순진한 녀석, 오늘 같은 날이 있을까 싶어 네놈과 이제껏 함께했을 뿐이란 걸 모르는 거냐? 호호호, 이제 오비원이 남긴 보물 천보갑은 나 미랑의 수중에 들어오게 되는구나. 후후. 그래. 10년의 시간 동안 네놈에게 봉사한 것으로 금환신공을 얻는다면 그다지 밑지는 장사는 아니지."

맹공효는 이 현실을 벗어나 보려는 것인지 아니면 내공이 파편처럼 튕겨 나가는 것을 막으려는 것인지 이를 악물었다. 하지만 무엇보다도 지금 이 상황에서 가장 중요한 건 천보갑을 지키는 일이라 할 수 있었다. 몸을 움직여야 한다고 생각했지만 소혼독의 영향 탓으로 목부터 발가락 하나까지 가느다란 줄로 수겹씩 묶여진 듯 몸이 말을 듣지 않았다.

'안 돼, 이대로 멈출 순 없어! 벗어나야만 해!'

일단 벗어나야만 천보갑도 지키고 어딘가에 숨겨진 아내도―그는 아직까지 이렇게 생각했다―찾아낼 수 있을 것이었다. 하지만 몸은 움직여지지 않고 설상가상 미랑은 잔악한 미소와 함께 서서히 다가오고 있었다.

이곳은 약암봉 정상이다. 그건 그가 특별히 물러설 곳이 없음을 뜻하기도 했다.

구부정하게 몸을 구부리고 고통스러워하던 맹공효의 눈에 절벽이 보였다. 평소엔 절대 가서는 안 되는 죽음의 길이지만 지금은 그곳밖에 희망이 보이지 않았다.

혼신의 힘을 다했다라고 해야 할 것이다.

그는 아랫입술이 너덜거릴 정도로 깨문 후 그 고통의 힘을 이용해 절벽으로 몸을 날렸다. 그녀에게 잡히면 모든 것이 끝나는 것이다. 요행히 절벽 아래로 떨어져 나뭇가지에라도 걸리길 희망하는 수밖에 없었다. 추악한 혈곡의 무리에게 결코 천보갑을 넘길 순 없는 것이다. 하지만 그의 생각은 우주를 휘젓고 있었지만 그의 몸은 생각만큼 그다지 빠르지 않았다.

"훗, 어딜!"

어느새 낌새를 눈치 챈 미랑이 신법을 전개해 순식간에 달려들었다. 천선부에 있는 동안, 그리고 천선부를 나와 20여 일이 지난 지금까지 길을 걸을 때면 구슬땀을 흘렸던 그녀였다. 간혹 돌부리나 나무뿌리가 옆으로 늘어선 곳에 걸려 위태롭게 넘어진 적도 있던 바로 그녀였다. 그러나 지금 그녀의 모습에선 과거의 모습은 어느 하나 찾아볼 수가 없었다. 경신술을 배우라고 채근하던 맹공효의 지난날의 말들이 무색하리만치 그녀의 신법은 신속하기만 했다.

막 맹공효 몸의 절반이 허공에 놓여지고 무게 중심이 절벽 아래로 이동할 즈음 그녀는 급격히 달려듦과 동시에 손바닥으로 기를 운용해 '섭(攝)'자 결로 맹공효의 몸을 끌어당겼다. 평상시 정상적인 입장에서 맹공효와 그녀가 겨룬다면 비교하기 힘들겠지만 소혼독에 중독된 맹공효는 사실 보통 사람보다 연약하다 할 수 있었다.

"헉……!"

맹공효는 자신의 몸이 다시 당겨지는 것을 느끼고 헛바람을 들이켰다. 이대로 잡히면 끝장이다. 그는 아직 땅에 닿아 있던 발을 거세게 밀어 그 힘에 대항하며 절벽으로 몸을 날리려 했다.

고수에게는 잠시의 순간이라도 그건 매우 귀중하게 사용되는 시간이 되기도 하는 법이다. 그런 까닭에 미랑도 잠시 멈칫거리는 순간을 놓치지 않았다.
"어딜!"
그녀는 어느새 손을 쭉 뻗어 맹공효의 등짝을 할퀴듯이 그어갔다. 멀리서 누군가가 이 광경을 바라본다면 어떠할까. 아마 이렇게 말할지도 모른다.

―절벽에서 떨어지려는 사람을 구하기 위해 자신의 안위도 돌보지 않고 뛰어들다니… 아, 세상은 아직까지 아름다움으로 가득하구나.

어쩌면 그 말과 함께 고개까지 끄덕이지 않을까? 하지만 그것은 어디까지나 영문을 모르고 멀리서 봤을 때의 상황이다. 현실은 그보다 수천 배 잔악하고 수만 배 비정했다.
스슥.
스치듯이 맹공효의 머리가 간신히 그녀의 손을 비껴 나갔다. 하지만 그가 손길을 다 벗어난 것은 아니었다. 머리를 지난 손은 어깻죽지를 잡았고 거기서부터 훑듯이 잡아끈 것이다.
"으아악~!"
맹공효의 입에서 처절한 비명이 터졌다. 어찌나 강력히 붙들고 훑어 나갔는지 어깨가 탈골되어 버린 것이다. 하지만 더욱 괴로운 것은 등에 멘 봇짐, 그러니까 천보갑이 담겨 있는 그 봇짐이 그녀의 손에 쥐어뜯겨 나간 것이었다. 절벽으로 몸을 날린 것은 어떻게든 천보갑을 지키기 위함이었다. 이대로 절벽 아래로 떨어지는 것은 무의미했다. 하지만 이미 그의 몸은 절벽 아래로 기울어져 떨어지고 있었다.
거의 누운 듯이 떨어지는 그 순간에 맹공효와 미랑의 눈이 허공 중에 얽혔다. 아주 짧은 순간이었지만 두 사람의 눈은 아주 끈끈하고 질긴 투명 줄로 묶어놓은 듯 잠시 시간과 공간을 초월하여 멈춰 섰다.

슬픔에 잠긴 맹공효의 눈은 지금 눈앞에 보이는 여자가 사실은 자신의 아내 진몽향이란 것을 알아차렸다. 인피면구 따위를 쓰고 가짜가 나타난 것이 아니었음을 알 수 있었다. 어느 곳에 결박되어 고통스러워하고 있는 것이 아니라 천보갑을 쥐고 만족해하는 여인이 바로 사랑하는 아내였다.

맹공효는 눈으로 수만 마디 말들을 토해내고 질끈 눈을 감았다. 그러자 이제껏 질기게 연결되어진 듯이 보였던 투명 줄이 '툭' 소리와 함께 끊어졌고 맹공효의 몸은 천 길 낭떠러지로 떨어졌다.

미랑은 두 손으로 천보갑이 든 봇짐을 가슴에 끌어안은 채 잠시 맹공효가 사라져 간 곳을 한참 동안이나 바라보았다. 그가 마지막 남긴 눈빛은 너무도 강렬해 그녀의 안광을 뚫고 머리를 강타했으며 그것도 부족해 그녀의 온 신경을 낱낱이 자극해 버렸다.

한줄기 미풍이 불어와 그녀의 옷자락을 너풀거리게 했다. 그 바람에 미세한 먼지라도 들어 있음이던가. 깜박거리는 그녀의 눈에서 이슬이 맺히더니 볼을 타고 땅으로 떨어졌다. 이제껏 맹공효와 함께 지내며 흘렸던 눈물 중에서 가장 진실된 눈물이었지만 이 순간 맹공효는 그녀 가까이 없었다.

5장
소중한 것은 잃은 후에 그 가치를 알게 된다

소중한 것은 잃은 후에 그 가치를 알게 된다

악어였어. 그래, 악어. 환상법사가 분명 악어라고 했었다.
그 녀석은 먹이를 잡아먹은 후 눈물을 흘린다고 했었지.
살점이 떨어지고 신경과 핏줄이 뜯기는 고통에 대한 연민?
그래, 법사가 이해할 수 없다는 표정을 짓는 내게 말했던 것이 생각나는구나.

"악어는 결코 슬퍼서 우는 것이 아니다. 단지 먹이를 더욱 잘 삼키기 위해 눈물을 흘리는 것이다. 눈물을 흘리면 그 눈물이 입 안으로 흐르게 되고 그것은 먹이를 삼키기에 적합하게 만드는 것이다. 연약한 바보들은 악어의 마지막 양심이라고 말하지만, 실은 악어의 또 다른 잔인함에 불과하다. 미랑, 기억해라. 너는 악어의 눈물을 흘릴지언정 악어의 눈물을 보며 죽어가는 존재는 되지 말아야 할 것이다."

하지만 왜 이렇게 자꾸만 눈물이 나는 거지.

―소혼미랑.

산을 오를 땐 둘이었으나 산을 내려갈 땐 혼자였다. 아니, 미랑은 혼자라고 느끼진 않았다.
'단지 동행이 바뀌었을 뿐이야.'
그렇다. 그녀는 동행이 맹공효에서 천보갑으로 바뀌었다고만 생각했다. 이번에 바뀐 동행은 참으로 진귀하고 값진 것이었다. 맹공효를 천 명 만 명 데리고 온다 해도 천보갑과 바꿀 순 없는 것이었다. 그녀의 발걸음은 경쾌하게 산을 내려왔지만 그 경쾌함에는 또 다른 무엇인가가 기이하게 섞여 있었다. 그것은 바로 '애써'였다. 그녀는 경쾌하긴 하되 '애써' 경쾌하려는 노력을 기울이고 있었던 것이다.
'맹공효 따윈 필요없어.'
혹은,
'나는 끝내 임무를 완수하고야 말았다.'
라는 속삭임으로 마음을 다잡아보려고 했지만 그럴수록 더욱 그녀는 허전함을 느꼈다. 한 발 한 발 걸음을 옮겨 산을 내려오는 길에 그녀의 발걸음은 끝내 경쾌함을 잃고 산 중턱쯤에 멈춰 섰다.
그녀의 수중엔 천하제일의 유품이랄 수 있는 천보갑이, 아니, 정확하게 말하자면 그 안에 들어 있는 절대신공이랄 수 있는 금환신공이 있었다. 천선부에서 나오기 전부터 그렇게 가슴을 울렁이게 했던 천보갑이었지만 괴이하게도 희열이 차 오르지 않았다.
혈곡의 비밀 연락처인 화원 석춘원에 들렀을 때만 해도 솔직히 얼마나 마음이 설레었던가. 혈곡의 비밀 요원으로서의 사명을 이제야 제대로 하는가라는 생각에 잠을 이루지 못했던 그녀였다. 물론 함께 했던 맹공효는 그녀가 뒤척이는 것이 여행에 대한 기대 때문이라고 생각했지만 실은 이런 속뜻이 있었던 것이다.

　마음이 탁 트이는 듯한 전율이 일어야 정상이겠건만 오히려 마음은 무겁기만 하고 침잠되어만 갔다. 그녀는 수목들이 우거진 안쪽으로 들어가 나무 밑둥만 남은 곳을 의자 삼아 걸터앉았다.

　어떤 경우의 인생은 자신은 원한 적이 없어도 어쩔 수 없이 괴이한 방향으로 흘러가곤 한다. 혹은 아예 선택의 여지조차 없는 경우도 허다하다. 아니, 출생에 대한 부분은 전부라고 해야 할지도 모른다. 어느 이름 모를 사막에 버려지듯 태어난 경우라면, 식인 습관이 있는 원주민의 자녀로 태어났다면…….

　그와 같이 진몽향, 아니, 이제 더 이상 진몽향이 될 수 없는 미랑이―그녀의 원래 이름은 백혜였으나 오래전부터 그녀는 백혜라는 이름을 잊을 것을 강요당했다―혈곡의 비밀 요원이 된 것은 스스로의 의지와는 전혀 상관없는 일이었다.

　그녀가 열 번째 생일을 맞이하게 되던 날 붐비는 시장을 거닐게 된 것이 문제의 시작이었다. 엄마의 손을 잡고 가던 중 예쁜 인형을 발견하고 구경하겠다 했던 그것이 마지막이 되었다. 예쁜 인형을 보고 있었던 것까진 확실한데 어느 순간엔가 잠이 들었는지 눈을 떠보니 그곳은 낯선 곳이었다. 처음엔 친척 집이나 알고 지내는 이웃집인가도 생각해 보았지만 오래지 않아 전혀 그렇지 않다는 것을 알게 되었다.

그렇게 혈곡에서의 그녀의 삶은 시작되었다. 어린 마음에 얼마나 울고 또 울었는지 모른다. 하지만 그때마다 울음의 양만큼 돌아오는 것은 심한 매질과 배고픔이었다. 함께 잡혀온 또래의 아이들이 얼마는 적응하고 또 얼마는 사라졌다. 보이지 않게 된 아이들이 단순히 보이지 않았다, 또는 집으로 보내졌다가 아니라는 것을 깨닫는 것은 그리 어려운 문제가 아니었다. 생존을 위해선 환경에 적응해야만 한다는 것을 6개월이 지나면서 확실히 안 후 모든 것을 다 받아들였다. 정신 교육부터 갖가지 무공, 첩보에 필요한 것들이었다.

17살 때까지 그녀는 어떤 이름도 없이 단순히 49호로 불려졌다. 거의 대부분이 그처럼 이름없이 번호로 불려졌다. 하지만 어느 누구도 쉽게 번호 대신 이름으로 불려지길 원하진 않았다. 새로운 이름이 붙는 것은 곧 첫 번째 살인을 행한 후에 정해지기 때문이다. 그녀가 49호라는 이름 대신 미랑이라는 이름을 달게 된 것은 하북성에서 혈곡의 자금줄이 되어주었던 60대 후반의 조황을 죽인 후였다.

조황은 말년에 혈곡에 대한 염증을 측근들에게 간간이 토로하였는데 그 말이 새어 나가 척살 대상에 오르게 되었던 터였다.

살인을 할 만한 요건과 환경은 충분히 갖춰졌다. 이미 죽인 후 어떤 식으로 그 죽음을 몰고 갈 것인지 수습책도 완벽했다. 그녀로서는 당일 적절히 인연을 맺어 조황에게 접근, 죽이는 일이 주어졌다.

첫 번째 살인!

조황이 찻잔을 입가에 대고 마시려 할 때 49호는 예리한 단도로 그의 심장을 찔렀다. 쑤욱~ 하는 소리와 함께 칼이 살을 비집고 들어가며 손에 묵직하게 저며드는 그 감촉과 처참하게 일그러진 얼굴, 흐릿해져 가는 눈동자… 그녀로서는 훗날에도 결코 잊을 수 없었다. 그로써 그녀는 49호가 아닌 미랑으로 다시 태어났다.

첫 번째 살인 후 그녀는 삼 일간을 시름시름 앓아야만 했다. 엄청난 정신 소모가 되며 몸의 면역 기능이 떨어진 탓이었다.

무엇이든지 처음이 힘든 법. 그녀는 그 후 살인에 익숙해졌고 첩보를 위한 변장, 역용, 음성 변조와 여러 가지 상황에 대한 임기응변을 익혔다. 그리고 그녀는 천선부 내부로 침투하라는 명령을 받았다. 새롭게 진몽향이라는 이름이 주어졌고 조작된 집안이 형성되었으며 적당한 상대가 물색되었다. 당시 그 대상이 바로 떠오르는 기대주 맹공효였다. 여러 차례의 우연을 가장한 만남이 이루어졌고 그녀는 맹공효와 혼인하게 되어 천선부에 머무를 수 있게 되었다. 그리고 그녀는 급기야 천보갑이라는 희대의 보물을 탈취하는 데 성공했다.

"나는 해내고야 말았다."

나무 밑동에 앉은 채 내뱉은 그녀의 음성은 그 단어에서 느껴져야 할 환희나 강한 성취감 따위는 어디에도 찾아볼 수 없었다. 음성이 하나의 형상이라면 바람 구멍이 수없이 송송 뚫려 있고 그 사이로 비 오기 전 바람이 불어오는 것같이 허전하기만 했다.

짹짹거리는 새소리에 고개를 들어보았다. 기다란 나뭇잎들이 지붕처럼 둘러쳐졌고 그 사이사이로 햇살이 조각난 채 새어 나오고 있었다. 살랑살랑 미풍이 불어오자 햇살은 보다 잘게 부서져 보석의 파편처럼 눈을 부시게 했다. 이 광경은 그녀에게 잊고 있었던 아주 먼 기억을 떠올리게 해주었다.

'언제였더라… 그래, 맞아.'

어릴 적이었던 것 같았다. 정확히는 열 살 이전.

혈곡이라는 것이 무엇인지도 모르며 행복했던 시간들 중 하나였다. 아버지, 어머니와 함께 집 뒤쪽에 자리한 작은 산에 올라 숲을 지나며 하늘을 바라보았을 때도 꼭 오늘과 같이 햇살은 나뭇잎 사이로 부서져 내렸었다. 까르르 웃으며 뛰어다니는 자신의 모습이 떠올랐고 아버지의 품에 힘차게 안기던 모습도 떠올랐다. 고개를 들어 아버지의 얼굴을 보았다. 기억을 떠올리는 그녀의 얼굴이 두려움인지 참혹스러움인지 일그러졌다.

얼굴이 없었다!

가슴과 목 언저리를 지나 살펴본 얼굴엔 당연히 있어야 할 입과 코와 눈이 없었다. 그저 밋밋하고 매끄럽게 하나의 면으로 이루어져 있었다. 놀란 눈으로 어머니를 바라보지만 그곳도 마찬가지였다. 살색의 정밀한 보자기를 뒤집어씌워 놓은 듯 어떤 형상의 얼굴도 볼 수가 없었다.

사실 그녀는 이미 오래전에 부모님의 얼굴을 잊어버렸다. 시간이 날 때마다 나뭇가지나 혹은 손가락으로 얼굴을 그려가며 잊지 않으려고 했지만 어느 한순간 날아가 버린 것이다.

눈물이 이렁거리다 방울로 떨어졌다. 지금 이 순간 그녀는 어릴 적 백혜라는 소녀로 돌아가 있었다. 아까 맹공효를 죽이려 하고 천보갑을 뺏으려 하던 그 잔혹스런 모습이나 교활한 미소 따윈 어디에도 찾아볼 수 없었다. 완전히 다른 두 여인과도 같았다. 그녀의 마음은 네 가닥에서 다시 여덟 가닥으로 분해되고 거기에서 멈추지 않고 수없이 쪼개져 갔다.

나는 어디에 있는 것일까?

난 무엇을 위해 이 자리에 있는 것일까?

도대체 내가 무엇을 한 거지?

머리가 빙글빙글 돌며 지난 시간들이 무질서하게 불쑥불쑥 튀어나왔다가 급격히 사라지고 또 나타나곤 했다.

이 모든 것의 시작은 마지막 눈빛에서 비롯되었다.

벼랑에서 떨어져 내리며 보내온 맹공효의 눈빛.

그 눈빛은 살기와 분노가 들어 있어야 마땅했지만 그 순간에도 아쉬움과 연민, 그리고 사랑이 담겨 있었다. 왜 그래야만 했느냐는 연민과 그래도 아직 당신을 사랑한다는 외침이 들어 있었다. 깨달음이란 어느 한순간에 폭발적으로 다가온다. 그 흐릿해져 가던 눈빛은 미랑의 마음을 뒤흔들어놓은 것이다. 그래서 잊어버렸기에 다시는 떠올리지 않겠다고 다짐했던 부모님의 얼굴도 다시 찾으려 기억 속을 헤맸던 것이다.

지난 시간 남편과—지금 이 순간 그녀는 맹공효를 진정 남편으로 인정하고 있었다—지낸 순간이 꿈결같이 아름답게 여겨졌고 그것과는 대조적으로 혈곡은 토할 것 같은 역겨운 냄새를 풍겼다.

얼마나 지났을까. 햇살의 강렬함이 조금 누그러져 있었다. 그녀는 자신의 두 손이 꼭 붙들고 있는 천보갑을 들어 보이고 새로운 다짐을 했다.

'그래, 내게 천보갑이 있지 않은가. 바로 금환신공이 들어 있는 천보갑이 내게 있는 것이다. 혈곡으로 돌아가지 않겠어. 내 지난날을 송두리째 앗아간, 내 기억마저 지워 버린 너희에게 금환신공을 줄 순 없단 말이다! 그리고……'

그리고 사랑했던, 아니, 이제 비로소 온전히 사랑하게 된 남편을 죽이고 얻은 이 천보갑을 온전히 마음에 담고 싶었다.

소중한 것은 잃은 후에 그 가치를 알게 된다

또한 혈곡에 돌아가 영혼을 유린당하고 싶지 않았다.
'좋아, 금환신공에 도전해 보겠다. 천하제일에 도전해 보겠단 말이다!'

6장
특별한 사업가 철은

특별한 사업가 철온

세상에는 돈이 허공 위를 훨훨 날아다녀.
그것들은 이렇게 외쳐 대지,
'어서 날 잡아주세요~' 라고.
누구든지 제대로 마음만 먹으면 수많은 돈을
긁어모을 수 있단 말씀이야.
그리고 머리를 써, 머리를.
머리로 자꾸 돌만 부수지 말고 말야.

―혼망선생 철온.

세상에는 셀 수 없이 많은 직업이 존재한다. 흔히 볼 수 있는 직종도 있고 또 듣도 보도 못한 직종도 있다. 어떤 직종은 반짝 유행을 타다가 사그라드는 것이 있는가 하면 또 어떤 직종은 과거에도 존재했고 지금도 존재하며 또 앞으로도 존재할 직종도 있었다.

또 사람들도 매우 다양해 그저 한두 달 다녀보고 일을 그만두는 사람이 있는가 하면 혹은 가업을 전수받아 죽는 날까지 한 가지 일에 몰두하는 사람도 있다.

세상에는 힘이 좋은 사람, 음식을 잘 만드는 사람, 학식이 높은 사람, 유통 구조를 꿰뚫어 그걸 통해 돈을 버는 사람, 흙이 좋아 농사를 짓고 사는 것에 기쁨을 느끼는 사람, 삥을 뜯으며 살아가는 뒷골목의 양아치들―직업이라고 하긴 이상하지만 무엇보다 그들 스스로가 그렇게 느끼고 있을 것이기에―이 있다.

어쨌든 이렇게 많은 사람들은 자기 일을 통해 땀을 흘리고 그 속에서 보람을 찾으며 살아가고 있는 것이다.

하지만 이처럼 세상에 수많은 이들이 각기 직업을 가지고 있지만 중원천지에 혼망선생 철온만큼 특이하고 괴상한 사업을 벌이고 있는 이는 단연코 없었다.

그는 한마디로 '비범(非凡)'했다.

그가 이끄는 조직은 혼금부(混金府)라는 이름으로 불려졌는데 그곳에서 진행되는 사업들은 너무도 기상천외한 것들이라 어느 누구라도 듣고 감탄을 자아내지 않는 이가 없었다. 그가 하는 일들 중 대표적인 세 가지를 살펴보면 대충 이해가 될 것이다(일단 사업의 순서는 무의미하다).

1. 고공 낙하 체험(高空落下體驗).

이것은 전망이 훌륭하고 경치가 수려한 절벽 위에서 이루어지는 사업이다. 철저한 안전장치를 갖춘 상태에서 몸에 단단한 줄을 여러 겹으로, 또한 기술적으로 묶어 벼랑 끝에서 뛰어내리도록 하는 것이 주요체다.

절벽 아래로는 반드시 시내가 흐르는 곳을 택했는데, 그건 혹시나 있을 안전사고 발생 시 피해를 줄이기 위함이었다. 하지만 철저하기로 소문난 관리 덕분에 아직까지 단 한 차례의 안전사고도 없었다. 아니, 사고라면 딱 두 번 있기도 했다.

한 번은 중년 남자였는데 그는 자살을 목적으로 비수를 숨기고 있다가 떨어지면서 줄을 끊었다. 하지만 천만다행히도 허벅지 쪽에 보조 끈이 잘리지 않아 허리만 살짝 삐긋했을 뿐 목숨에는 아무 지장이 없었다.

또 한 번은 30대 중반의 아주머니였는데, 그녀는 혼금부에서 내건 '안전사고 발생 시 최고 천 배로 배상합니다' 라는 말에 혹해 고의로 안전사고를 유발시켰는데, 그 후에 결국 내막이 밝혀져 도리어 그녀가 혼금부에 벌금을 내야 했었다.

이 두 사건을 제외하곤 고공 낙하 체험에서 아직까지 사고는 단 한 차례도 없었다. 이런 안전에 대한 신뢰가 더욱 많은 사람들의 발걸음을 재촉하게 한 것은 어쩌면 당연했다.

이용 고객의 분포를 살펴보자면 4할 정도는 강호무림인들이 차지했고 3할 정도는 젊고 혈기왕성한 10대 후반에서 20대 중반이 차지했으며, 2할 정도는 이제 갓 혼인한 이들이 여행 중 기억에 남을 만한 추억거리를 만들고자 참여했다. 그 외에 1할은 다양한 부류의 사람들이 찾아왔다.

다양한 부류 중에는 만통이라는 이름의 노인이 있었는데 그는 혼금부에서 내건 '노약자와 임산부는 절대 불가' 방침에 정면으로 도전해

서른 번에 걸쳐 요구한 끝에 고공 낙하 체험을 하기도 했다. 만통 노인은 그 후 5개월이 지나 세상을 떴다. 하지만 그의 임종을 지켜본 사람들은 모두들 그가 만족스러운 마지막을 맞았다고 하나같이 말했음을 볼 때 만통 노인에겐 고공 낙하 체험을 허락한 것은 결과적으로 매우 잘한 일이 되었다.

한마디로 이 사업은 대단히 성공적이었다. 비록 고가의 장비를 제조하고 숙련된 직원을 양성하는 데 상당한 지출이 필요했지만 벌어들이는 돈에 비하자면 그건 조족지혈에 불과했다.

안전에 관해서 찔러도 피 한 방울 나오지 않을 것 같은 철저함을 다룬 까닭에 도리어 절대 입회가 불가능한 사람들, 즉 심장이 약한 사람이나 17세가 넘지 않은 경우, 그리고 임산부들도 한 번 절벽 뛰어내리기를 하고 싶어 안달했다. 그들은 만통 노인 같은 경우의 예를 들며 사람 차별하지 말라고 규탄대회를 열 지경이었다. 하지만 철온이 이끄는 혼금부는—만통 노인이 아무리 만족스런 죽음을 맞이했다고 해도—그 후로는 절대 규범을 깨지 않았다. 그것은 옳은 판단이었다.

이런 까닭에 전 중원에서는 이 신종 사업을 하고 싶다는 사업자들이 나타나 지점을 내주길 바랬고 큰 지역에서는 자연을 훼손하지 않는 범위 내에서 큰 관광 효과를 낸다고 보고 고공 낙하 체험 신공을 유치하고자 노력했다.

2. 습격 사건 체험(襲擊事件體驗).

이 사업은 고공 낙하 체험 신공에 비해 다른 관점에서 좀 더 모험적이라 할 수 있었다. 고공 낙하 체험이 몸의 짜릿함을 안겨주는 것이라고 한다면 습격 사건 체험은 심리적인 요소가 강해 마음으로 짜릿함을 느끼는 것이라 할 수 있었다.

　이 일은 쉽게 풀어 말하면 '안전하게 목적지까지 호송해 주기'였다. 표국에서 하는 일과 성격이 흡사한 듯하지만 안으로 들어가면 확연히 달랐다.

　표국은 진짜로 그런 일을 하는 것이었고 혼금부의 일은 모두 가짜라는 점이었다. 표국은 사람을 호위해 갈 때 산적이나 혹은 원수된 자가 공격해 오면 지키고 보호하여 목적지까지 인도한다. 그 와중엔 사상자도 나올 수 있는 일이었고 혹은 온전히 호위를 하지 못하는 일도 발생한다.

　하지만 이 습격 사건 체험은 말 그대로 그저 체험인 것이다. 습격하는 사람이나 호위하는 사람이나 모두 혼금부의 직원들일 뿐이다. 그렇기에 누가 다치거나 살해당할 염려는 애초에 있을 수도 없는 일이었다.

　칼이 왼쪽에서 다시 허벅지를 찔러가는 것 등이 모두 계획되어져 있어서 손발을 맞춰 연습한 대로만 하면 되는 것이다.

　또 어떤 대사를 내뱉어야 하는지도 연극처럼 짜여져 있기에 어떤 면에서는 현실보다 더욱 실감나기 이를 데 없기까지 했다. 마차 안에서 호송당하는 이들은 이런 상황을 즐기면서 강호의 험악함을 간접적으로 체험할 수 있게 되는 것이다.

　3. 대망 인명 구조(大網人命救助).

　대망이라 함은 큰 그물을 말한다. 그물은 상식적으로 고기를 잡는 데 사용되지만 그것은 어디까지나 상식적인 선에서일 뿐 혼금부에서는 전혀 다른 의미로 사용되었다. 다름 아닌 고기를 잡는 것이 아니라 사람을 잡는다는 점이다. 잡는다는 것도 물론 사람을 먹어치운다는 이야기가 아닌 구한다는 의미로.

이 대망 인명 구조라는 사업을 철온이 처음 계획하게 된 동기는 15년 전 어느 날 절벽 아래를 지나다 착안한 것이었다.

그는 절벽 밑에서 거의 만신창이의 몸으로 죽어가는 한 젊은이를 발견하게 되었다. 철온은 단번에 사태를 파악했다. 젊은이가 쓰러진 위치나 몸의 상태로 보아 절벽에서 그만 발을 헛디뎠거나 자살을 결심하고 뛰어내린 것이 분명했다. 그는 급히 달려가 응급 치료를 하려고 했으나 이미 상태는 돌이킬 수 없을 지경에 이르러 있었다.

"도대체 어쩌다 이런 일을 당했더란 말이오?"

철온의 질문에 젊은이는 꺼져 가는 의식 속에서 마지막 말을 내뱉고 세상과 작별을 고했다. 그 젊은이의 말은 너무도 황당해 어지간히 황당한 일에는 적응되었다고 자부했던 철온조차도 기가 막힐 지경이었다.

그의 말인즉 이러했다.

"기연을 얻어보려 위에서 뛰어내렸다오."

그걸 끝으로 젊은이는 고개를 떨구며 죽었다. 젊은이의 목을 받치고 있던 철온은 그만 너무도 어이가 없어 손을 놓쳤고 젊은이의 목은 바닥에 쿵 하고 소리를 내며 떨어졌다.

그는 한동안 서서 고개를 뒤로 젖혀 절벽 위를 바라보았다. 운무가 아스라이 서려 있어 그 위로는 너무나 신비한 무엇인가가 있을 것만 같았다. 반대로 위쪽에서 아래를 바라본다면 운무 아래쪽에는 기가 막힌 무엇인가가 있을지 모른다고 생각할지도 모른다라는 생각도 들었다.

그렇게 석상처럼 위를 바라보던 철온은 뒷목이 뻐근해질 정도가 되었을 때 고개를 똑바로 한 후 마음의 결정을 내렸다. 바로 이것이 오늘날 대망 인명 구조가 생겨나게 된 시작이었다.

"세상엔 참으로 별의별 놈들이 다 존재하는구나. 어쩌면 이렇게 어리석을 수가 있단 말인가. 내 너희들이 그리도 허황된 꿈을 쫓는다면 너희의 보잘것없는 목숨을 구하고 대신 큰 재물을 얻도록 하겠다."

이렇게 해서 대망 인명 구조가 탄생했는데, 사업의 구체적인 내용은 다섯 가지 정도로 분류해 볼 수 있었다.

첫째는 장소 물색.
무엇보다도 사업의 성패는 장소에 달려 있다고 봐야 했다. 어디서나 볼 수 있는 평범한 곳에 그물 안전망을 설치했다가는 평생토록 사람 구경하긴 힘들 것이 불을 보듯 뻔한 일이었다.

간혹 정신 나간 노루나 사슴을 잡을 수 있을는지는 모른다. 하지만 그런 건 하나마나한 짓이었다.

적합한 곳으로는 기암괴석이 솟아난 절경을 이룬 곳이나 주변 경관이 수려하여 신선이 드나들 것 같은 신비한 분위기가 풍기는 곳이어야 했다.

또 다른 조건으로는 절벽 밑으로 시내가 없고 그저 맨땅으로 이루어져야 한다는 점이다. 그 이유는 살아난 사람이 나중에 말하길 '안전망이 없었어도 난 살아날 수 있었다. 그러니 절대 돈을 지불할 수 없단 말이다' 라고 할 가능성이 높았기 때문이다. 그런 추잡스런 공방을 피하려면 애초부터 지리 선택을 잘해야 하는 것이다. 위의 조건에 덧붙여 과거에 강호무인들의 피 튀기는 혈전이 있던 곳이라면 더욱 좋은 장소가 되는 것이라 할 수 있었다.

둘째는 인내심.
사실 어지간히 정상인 사람이라면 그곳이 아무리 신선이 드나드는 선경이라 할지라도 절벽에서 뛰어내릴 리 만무하기에 대망 인명 구조에 뛰어들 고객은 그리 많다고 볼 수 없었다.
1년을 기준으로 했을 때 대략 5명에서 7명 정도 손님을 맞게 되는데 갑작스럽게 몰릴 수도 있고 또 한가할 때는 수개월간을 먼 하늘만 쳐다봐야 했기에 무엇보다 인내심이 필요했다. 하지만 한 번 걸리면 그건 바로 대박이었다. 그 대박을 위한 긴 인내력. 이것이 사업의 관건이었다.

셋째는 고객 관리.
이 단계는 실제 고객과 마주하는 단계인지라 심리적인 측면을 제대로 이용하는 것이 중요했다. 거의 대부분의 사람은 높은 절벽에서 뛰어내리는 순간 후회가 밀려들기 시작한다.
'내가 미쳤지, 내가 미쳤어. 이 무슨 짓거리란 말이냐. 이렇게 멍청하게 죽는구나.'
이런 후회에는 기연이고 뭣이고가 없는 것이다. 그들에게는 안전망에 걸려 살아난 것은 기적이 일어난 것이라 할 수 있었다. 마치 죽을 병에 걸렸다가 살아난 사람처럼 환호하며 즐거워하는 것이다. 이때 관리자는 신속히 달려가 고객을 맞이해야 한다. 단순히 운이 좋아서 살아난 것이 아니라 대망 인명 구조에 의해 구조된 것이라는 것을 자세하고도 집요하게 설명해야 하는 것이다.

"안녕하십니까? 뛰어내리느라 수고가 많으셨습니다. 먼저 살아나신 것은 진심으로 축하드리고… 그러니까 저로 말씀드릴 것 같으면 대망 인명 구조 요원으로서……."

이런 말을 시작으로 세상에 기연이라던지 그런 것은 모두 지어낸 것뿐이며 인생을 살아감에 있어서는 '노력이 최고다'와 '새로운 삶이 주어졌다'를 강조하며 다시 태어난 기분으로 인생을 살아보라고 조언하는 것이다. 그러면 대부분은 감사의 눈물을 주르르 흘리며 맑고 고운 눈동자로 바라보게 마련이다. 그때가 바로 적절한 때라고 할 수 있었다.

"저희는 이런 곳을 관리하며 많은 사람을 구하고자 합니다. 1년에 드는 유지비가……."

이 정도 되면 어느 누구도 거절하지 못하고 결국 주머니를 열지 않을 수 없게 된다. 물론 그 자리에서 비용 지불에 대한 문서를 작성하고 확인장을 받고 거금은 그와 함께 본가로 가서 받게 되는 것이다.

넷째는 사후 관리.

안전망에 걸린 사람에게 그 사례비를 받는 것으로 모든 것이 끝난 것은 절대 아니다. 항상 무슨 일이든 그 뒷마무리가 중요한 법이 아니던가. 어렵게 안전망을 설치해 두었는데 섣불리 이곳에 그물이 설치된 것이 알려진다면 장사는 망하는 것이다. 그렇기에 절대 이곳에 대해 누설하지 않도록 못 박아둘 필요가 있었다. 그것은 협박이지만 협박처럼 느끼지 못하도록 이루어졌다.

"저희는 오직 철저히 비밀을 지킵니다. 공자께서 기연을 얻고자 뛰어내린 것이 세상에 알려진다면…… 오호, 저로서도 상상하기 힘들군요."

 이때의 표정은 거의 절망에 사로잡힌 완벽한 표정 연기가 뒤따라야 한다.

 "…그래서 비밀이라는 것은 너무 중요한 것이랍니다. 하지만 저희를 믿으십시오. 공자께서도 절대 다른 사람에게 말씀하지 않으신다면 세상에 알려질 일은 없을 것입니다. 하하하, 제가 실언을 했군요. 세상에 어떤 바보가 그런 말을 자기 입으로 꺼내겠습니까, 안 그렇습니까?"

 그럼 상대방은 계면쩍은 미소를 지으며 고개를 끄덕일 수밖에 없다.

 "그, 그렇죠."
 "아무 염려 하지 마십시오. 제가 말씀드렸죠. 저희는 오직?"
 그러면 상대가 말한다.
 "비밀을 지키죠."
 "하하, 그렇습니다."

 이렇게 함으로써 비밀을 유지해 나가게 되고 계속 사람들로부터 돈을 받아낼 수 있게 되는 것이다.

 다섯째는 소문.

 사업이란 광고 효과를 얻는 것이 무엇보다 중요한 법이다. 그렇기에 혼금부에서는 사람을 풀어 은근슬쩍 헛소문을 풀어놓는다. 그런 말들은 돌고 돌면서 허황된 꿈을 쫓는 이에게 이르게 되면 그대로 흡수되고 그는 죽거나 대박이거나를 꿈꾸며 산을 오르게 되는 것이다.

약간의 문제점.

어느 사업을 하든지 완벽한 것은 없다. 세상이 완벽하지 않거늘 어찌 세상 속에서 완벽한 것을 요구하고 만들어낼 수 있겠는가. 완벽한 미인이라는 것도 그저 표현의 한 방법일 뿐 그 미인 또한 언젠가는 늙어 주름이 접히고 점점 저승꽃으로 범벅이 되어가지 않는가. 고작 30년도 못 되어 완벽이 철저히 사라진다면 그건 완벽한 것과 거리가 멀어도 너무 먼 것이다.

그런 관점에서 철온이 만든 '대망 인명 구조' 또한 몇 가지 어설픈 경우도 있었다.

어떤 경우엔 분명 기연을 얻고자 하는 허황된 마음으로 떨어졌는데 발을 헛디뎌 떨어졌다고 박박 우겨대며 이렇게 말하는 사람들도 있다.

"나는 원래 살아날 운명이었기에 살아난 것이지 이런 그물 때문에 살아난 것은 아니다. 전에 마을에 있는 점쟁이가 말하길 나는 76세까지 장수한다고 말했었다. 그런 내가 죽을 성싶으냐. 사기 치지 말아라."

또 다른 경우는,

"돈을 달라고? 차라리 내 배를 째라. 아니면 다시 날 업어다 절벽에서 떨어뜨리고 당장 이 그물을 해체해! 해체하란 말이다!"

"아이고, 저는 돈이 없습니다. 솔직히 가난해서 무공이라도 익혀 세상에서 한몫 잡아보려고 한 것인데 어찌 이런 놈에게 돈을 요구하십니까요. 한 번만 봐주십시오."

이런 경우들은 참으로 난처하기 그지없었지만 사실 어쩔 수 없었다. 그저 아픈 가슴을 쓸어 내리며 부디 소문만 내고 다니지 말라고 부탁할 뿐이다. 어떤 지독한 놈의 경우엔 소문을 내지 않는 조건으로 돈을 요구하는 파렴치한 놈도 있는데 이때는 어쩔 수 없이 가볍게 손을 봐주고―정말 하고 싶지 않지만―억센 협박을 하는 수밖에 없었다.

바로 이 여섯 가지만 제대로 갖추게 되면 대망 인명 구조는 대단한 수입처가 되어주는 것이었다.
이 외에도 혼금부에는 다양한 사업이 있었고 그것들도 나름대로 대단한 것들이라 할 만했다.

7장
세상에 알려지다

세상에 알려지다

이런 행운이 나에게 오다니…
꿈같은 일이다.
나의 인생에도 대박은 찾아오는구나.
기다려라, 나의 닥쳐올 미래여.
너를 풍요롭게 해주마.

—대망 인명 구조 요원 막포.

고문산 밑자락.
절벽이 병풍처럼 수직으로 세워진 곳, 어디가 끝자락인지 알 수 없도록 중도에 운무가 가득 펼쳐져 신비로움을 더해주는 곳, 전설 속에 등장하는 광포존자와 그의 제자 신진자가 대결을 벌였다는 곳. 이곳은 혼금부의 부주 철온이 십 년 전에 엄지손가락을 추켜세우며 '그래,

바로 여기가 대망 인명 구조망을 설치하기에 적합한 곳이다!' 라고 말했던 장소로 대망 인명 구조로는 세 번째로 개설된 곳이었다.

절벽 밑에는 땅으로부터 약 2장(약 6.6미터)여 높이로부터 거대한 안전망이 펼쳐져 있었다. 아마 조금만 멀리 떨어져서 본다면 대왕거미—그것도 흰거미 중에서—가 촘촘하게 거미줄을 쳐놓은 것으로 보이리만치 완벽한 망이었다.

그곳으로부터 약 30여 장 떨어진 곳에 혼망서생 철온은 친구를 앞에 두고 술을 대작하고 있었다. 운무를 뚫고 산꼭대기에 이르러 술잔을 기울이는 것이 신선의 풍도를 나타낸다면 절벽 아래에서 하늘을 올려다보며 마시는 술은 지극히 인간적인 소탈함을 느낄 수 있어 만족스러웠다.

철온은 화려한 금포를 두르고 있었는데 그와 마주한 사람은 외모나 의복만으로 보자면 전혀 친구라고 믿을 수 없어 보였다. 그 친구라는 작자의 모습은 말 그대로 떨거지 차림이었기 때문이다.

만일 철온이 이 자리에 없고 그저 떨거지만 홀로 자리하고 있다면 나름의 운치가 있겠으나 철온의 모습과 대조되는 까닭에 전혀 어울리지 않는 모양을 띠었다.

철온이 술잔을 들어 입에 털어 넣고서 말했다.

"강호를 쩌렁쩌렁 울리던 환상살성 묘진이 이젠 환상걸물 묘진이 되다니… 참 세상은 알다가도 모를 일이라니까. 자네는 정말 아무렇지도 않단 말인가?"

친구 묘진은 어깨를 으쓱하고 아랫입술을 살짝 내미는 것으로 전혀 대수로울 것이 없다는 표정으로 답했다.

"거참, 나의 상식으론 이해가 안 되는군."

철온은 정말로 이해할 수가 없었다. 그가 알고 있는 묘진은 돈이라면 환장을 하는 사람이었고 일평생 절대 거지가 될 수 없는 사람이었고 거지가 되어서는 안 되는 사람이었다. 하지만 지금 눈앞에는 분명 거지 모습으로 나타나 있는 것이다.

철온의 생각이 그럴 만도 했다. 묘진이 거지가 되기엔 그에게 달라붙은 수식어가 만만치 않았기 때문이다.

흑월단주 묘진(妙眞).
환상살수(幻想殺手).
살인을 예술의 경지로 끌어올린 검귀(劍鬼).
무혈살마(無血殺魔).

청부 살수 조직상으로 서열 삼위가 흑월단이었고 그곳의 단주가 바로 묘진이었다.

그가 이런 몰골로 거지가 된 것은 대략 지금으로부터 2년 전쯤이었다. 표영은 이미 개방 방주가 되기 전, 그러니까 청막을 접하면서 마음으로 다짐한 바가 있었다. 방주가 되면 제일 먼저 강호상에 살인 청부 조직을 제거하겠노라고.

표영은 살수계의 살아 있는 전설로 통하는 과거 청막의 막주였던 지문환을 데리고 살수 조직들을 차례로 찾아갔다. 결과적으로 그 발걸음이 묘진의 운명을 거지로 거듭나게 한 계기가 되었다. 표영도 표영이지만 청막이라는 이름과 지문환이라는 이름이 가지는 위력은 살수 계파에서는 실로 대단한 것이었다. 크고 작은 서너 차례 정도의 불상사가 있었지만 일곱 개의 청부 조직들을 해체하는 것은 성공적이었다.

 표영은 살수들에게 두 가지 길을 제시했다. 하나는 개방에 들어올 수 있는 특권을 부여함이었고—물론 아무도 그것을 특권이라고 생각진 않았지만—또 하나는 어디든지 마음이 원하는 대로 가라는 것이었다.

 그때 살수들의 반응은 반반이었다. 개방에 들어오는 것이 반씩이나 되게 된 것은 착각과 의문 때문이었다. 착각한 자들의 생각은 왠지 개방에 들어가지 않으면 뒤로 보복당할지도 모른다고 생각했던 것이고 의문이 든 자는 왜 청막이 개방에 귀속되었는지, 왜 지문환이 순순히—비록 겉으로는 투덜거리지만 그것이 그저 마음뿐이라는 것을 다 알 정도로 그는 티가 났다—개방에 들게 되었는지가 궁금했다.

 묘진의 경우 개방에 든 것은 바로 후자 쪽이었다. 그로선 궁금해 미칠 지경이었던 것이다.

 "개방의 방주가 뭐가 그리 대단하다구 자네 같은 인재가 거지 생활이냔 말인가?"

 철온으로서는 불가사의한 일이 아닐 수 없었다. 아니, 철온뿐이겠는가. 그를 알고 있는 사람이라면 누구나 그렇게 느낄 것이 분명했다.

 돈을 위해 사람을 죽여왔던 묘진이 아니던가!

 돈에 환장하기로는 철온은 묘진에게 한참 떨어지는 경우라 할 수 있었다. 철온이 기발한 발상으로 혼금부의 부주로서 큰 수입을 얻고 있지만 적어도 돈 때문에 사람을 죽이진 않았다.

 철온의 말에 묘진이 눈을 연거푸 빠르게 깜박거렸다.

 "말이 뭔가 부족한 듯한데……."

 철온은 묘진이 눈을 연거푸 깜박이는 것이 무슨 뜻인지 잘 알고 있었다. 그는 대단히 기분이 언짢았을 때 이런 행동을 보였다. 그는 얼른 말을 바꿨다.

"좋아. 그래, 개방의 방주님이 뭐가 그리 대단하시냔 말이네?"

빠진 존댓말이 제자리를 차고 들어와 다시 귓가에 들려오자 그제야 묘진은 고개를 갸웃거리면서 생각하는 듯했다.

"글쎄, 뭘까? 으음… 나도 잘 모르겠어."

존댓말을 쓸 것을 요구하길래 뭔가 대단한 말이 나올 줄 알았던 철온은 맥이 탁 풀렸다.

"거참, 싱겁긴……."

"진짜야. 방주님께 뭐 그리 대단한 것이 있는 건 아닌데… 거참, 나도 생각해 보니 괴이하군."

묘진의 말은 답답해 보였지만 얼핏 그 속에는 무언가 깊은 의미가 숨겨져 있는 것 같아 철온은 간당간당 그 뜻이 전해오는 듯하다가 멀어지자 더욱 답답해졌다. 그것은 말로는 설명하기 어려운 것들의 하나 같았다. 예를 들자면 사나이의 의리라든지 어머니의 따스한 눈빛, 아버지의 쓸쓸한 뒷모습 같은 것들을 쑥스러워서 표현해 내지 못하는 그런 감성이었다.

묘진이 말을 이었다.

"자네도 이렇게 힘들게 돈 벌 것이 아니라 마음 편하게 나와 같이 거지 노릇을 하는 게 어때?"

철온의 눈이 부릅떠졌다.

"무슨 헛소린가?"

당장에라도 때려죽일 기세였다. 하지만 묘진은 남은 술을 입 안에 털어 넣고 다시금 너스레를 떨었다.

"허허, 진짜야. 의외로 할 만하다구."

"관두게."

"진짜 화난 건 아니지? 하긴 안 해보면 모르는 법이지."

묘진은 손으로 귀를 후벼 누런 덩어리와 부서진 가루를 확인하고 후~ 하고 분 후에 말을 이었다.

"그나저나 자네 사업은 잘되나? 어째 아무도 떨어지려 하지 않는 것 같은데 말야."

사업 이야기에 대해 묻자 철온의 얼굴이 언제 화를 냈었냐는 듯이 화사해졌다.

"벌써 넉 달째 아무도 떨어지는 놈이 없지만 말야, 대박은 어느 한 순간에 찾아오는 것이라네. 갑작스럽게 나타나는 것이거든. 마치 지금 우리가 이렇게 절벽을 바라보고 있는 순간에 슈우욱 하고 떨어지는 것처럼 말이… 엇!"

철온의 눈이 놀람으로 가득 찼다. 그건 묘진도 다를 바가 없었다. 철온이 손가락으로 절벽을 가리키며 신나서 말을 하고 있는데 슈우욱 이라고 말하는 것과 거의 동시에 실제로 사람이 추락하는 것이 눈에 잡혔기 때문이다. 말을 했던 것과 거의 시간 차가 없었던 터라 두 사람은 기가 막혀 무슨 말을 해야 할지 잠시 멍청해져 버렸다.

하지만 언제까지 멍하니 보고만 있을 순 없는 노릇이었다. 먼저 정신을 차린 것은 철온이었다. 그는 껑충 뛰어오르며 환호성을 질렀다.

"와아~ 대박이다! 대박이라구~!"

철온이 벌떡 몸을 일으켜 신법을 전개해 안전망 쪽으로 향했고 그 뒤를 묘진이 조금은 느긋하게 뒤따랐다. 절벽에서 떨어진 사람은 수차례 그물에 튕겨졌다 내려섰다를 반복하다가 결국 내려선 상태였는데 안전망 주변에서 근무하고 있던 혼금부 요원 둘이 추락자의 상태를 살피고 있었다.
 '대박은 한순간에 찾아오는 것이다! 으하하하!'
 달려가는 철온의 마음은 가득 들뜬 채였다. 그는 직감적으로 대박을 예감했다. 그리고 이제껏 그의 직감은 틀린 적이 없었다.
 '느낌이 좋아. 아무렴.'
 안전망에 가까이 이른 철온은 절벽 바위를 두세 차례 발로 디디며 탄력적으로 안전망 위로 올라갔다. 경쾌하기 이를 데 없는 신법이었다. 조금은 느긋하게 뒤따르던 묘진은 철온이 오르는 것을 보고 달려오는 걸음 그대로에서 오른발을 땅에 디딜 쯤에 살짝 힘을 주어 공중으로 솟구쳐 곧바로 안전망 위로 올라섰다. 고매하기 그지없는 신법이었다.
 철온은 상태를 살피고 있는 수하들을 제치고 대박을 확인했다.
 "허걱!"
 철온이 그만 놀라 경악성을 터뜨렸다.
 '이런 제길! 이건 대박이 아니라 쪽박이잖아!'
 안전망에 걸린 사내는 30대 중반으로 보였는데 그는 입가에 선혈을 뿜고 있었으며 절벽에서 떨어질 때 불쑥 튀어나온 바위에 머리를 다쳤는지 뒷머리에서도 피를 뿜어내고 있었다. 척 봐도 도저히 살아날 가망성은 없어 보였다.
 "그러니까 뛰어내릴 때는 조금 더 멀리 도약해서 뛰었어야지, 바보 같은 녀석아! 이렇게 죽으면 어떡하냐구!"
 철온은 기대감이 무너져 곧 울 것만 같았다.
 "어, 조용히 해봐. 뭐라고 하는 것 같은데……."
 "내가 한 말을 기억… 부, 부디 내 부탁을 잊지 마시오. 천… 선부주의 마지막 유물을 꼬… 옥……."

"응? 천선부주? 마지막 유물?"

지금 죽어가며 천선부주의 유물에 대해 말하는 이는 맹공효였다. 그는 고문산에서 일장을 얻어맞고 떨어져 내리며 중도에 암벽에 부딪쳐 큰 상처를 입어 결국 숨을 거두게 된 것이다. 하지만 그나마 다행히 대망 인명 구조에 걸려 즉사를 면했고 천보갑에 대한 말을 한 후 숨을 거두게 된 것이었다.

철온과 묘진은 천선부주의 유물이라는 말에 귀가 번쩍 뜨였다. 철온은 묘진에게 등을 보이고 수하에게 전음을 날려 물었다. 아무리 친한 친구여도 비밀은 있는 법이다.

"그가 무슨 말을 했느냐?"

요원 중 막포가 전음으로 답했다.

"놀라지 마십시오. 천선부주가 보물을 천보갑에 넣었는데, 그것을 전하러 가는 중에 탈취당했다고 했습니다."

"이건 누구에게도 비밀이다. 알겠느냐?"

"네."

하지만 전직 흑월단의 단주인 묘진이 그리 어수룩한 인물이 결코 아니잖는가. 그는 이미 추락자가 천선부의 경천일필 맹공효라는 것도 간파한 상태였고 두 사람이 먼저 중요한 정보를 들었다는 것도 그의 마지막 말을 통해 알고 있었다.

출렁이는 그물 위에서 묘진이 조용히 뇌까렸다.

"철온, 내게 사실대로 이야기하는 것이 좋을 걸세."

철온이 얼른 뒤돌아서며 화사한 미소를 지어 보였다.

"자네, 그게 무슨 말인가? 내 무엇을 숨긴단 말인가?"

그리곤 수하들을 재촉했다.
"자자, 너희는 아까 있었던 이야기를 속 시원하게 말해 보거라."
하지만 묘진은 씨익 웃으며 고개를 가로저었다.
"그럴 필요 없어. 난 진실을 원해."
말을 맺은 그의 손에는 어느새 연검이 들려 있었다. 그가 평상시에 허리춤에 감고 다니는 그의 독문병기인 환연검이었다. 그가 살짝 힘을 주자 연검이 꿈틀 하며 춤을 추었다.
차차창.
그 움직임은 곧바로 살아 움직이며 달려들 것처럼 보였다. 철온은 묘진의 성격을 잘 알고 있었다. 그가 용을 쓴다 해도 당해낼 재간은 없었다.
"아이, 씨파. 알았어, 알았다구. 친구란 놈이 걸핏하면 죽이려고 칼을 뽑아 드니 술이 확 깨는구만. 말해 주면 되잖아, 자식아!"
투덜거리던 철온은 수하들에게 들었던 말을 고스란히 알려주었다.
"천보갑 안에 무엇이 들어 있는지는 말하지 않았나?"
"보물이라잖아. 다른 것이 있겠어? 금환신공 비급이겠지. 에라, 퉤~"
철온은 바닥에 침을 내뱉고 씩씩대고선 원통한지 말을 보탰다.
"하지만 내가 누군가에게 이 말을 하는 것은 막지 마. 알겠어? 나는 금환신공 따윈 몰라. 돈만 벌면 되니까 말야."
거기까지 묘진이 말릴 수는 없는 노릇이었지만 아무렇게나 떠벌리게 할 순 없었다.
"좋아, 그렇게 함세. 하지만 나중에 필요하게 될지도 모르니 어디에 정보를 제공했는지는 알려줘야 할 거야. 괴상한 곳에 정보를 흘리거나 할 경우엔 말야, 내가 찾아오면 그나마 다행이지만 방주님이 직접 오시게 되면 자넨 좀 괴로울 거니까 말일세. 그럼 시체는 잘 처리할 거라 믿고 난 이만 가네."

 묘진은 자신이 낼 수 있는 극한의 신법을 펼쳐 그 자리에서 사라졌다. 이건 대단한 일이었다. 자칫 피바람을 부를 수도 있는 것이었고 천보갑에 대해 얼만큼 강호에 소문이 난 것인지 몰랐다.

 '일단은 방주님께 알려야 한다.'
 이것이 묘진으로서는 최선책이었다.

8장
후회는 그저 후회로

후회는 그저 후회로

만약 다시 그를 보게 된다면
그는 날 용서해 줄까?
그래, 어쩌면 그는 날 받아줄지도 몰라.
그에게 가고 싶다, 그에게로…….
─소혼미랑.

언제나 시장은 활기로 넘쳐 난다.

"우울하고 의욕이 없는 사람이라면 시장을 둘러보라. 열정을 얻고 싶은 자도 마찬가지. 그들은 그곳에서 활력과 열정을 흡수하게 될 것이다."

중원의 학사인 만통서생 학운위가 위와 같이 말한 것처럼 삶의 열기가 지글거리는 곳이 바로 시장이다.

지금 이곳 청운 지역 남서쪽에 자리한 화결(華結)이라는 이름의 시장통에도 물건을 선전하는 장사치들의 고음으로 쭉 뻗어 올라간 목소리와 물건의 효용을 묻고 값을 묻는 손님들의 목소리로 바글거렸다. 시장의 열정의 핵심은 아무래도 홍정이라고 봐야 했다.

돈은 사람의 마음을 움직이고 그 돈이 오고 가는 곳인지라 단 몇 전이라도 깎아보려는 손님들과 배수진을 치고 물건의 값어치를 주장하는 장사꾼들 사이엔 이루 형용하기 힘든 심리전이 펼쳐지며 뜨거운 열기를 토해내는 것이다. 또 한쪽에서는 엄마를 따라나선 아이들이 신기한 듯 기웃거리며 알록달록한 과자들을 사달라고 투정 부리며 요란을 떠는 모습도 이곳의 열기를 더해주는 것이라 할 수 있었다.

"으아앙~ 엄마, 저기 저거 사달란 말이야~"

"안 돼! 집에 가서 엄마가 더 맛있는 거 만들어줄 테니 투정 부리지 마렴."

"아이~ 지금 당장 먹고 싶대두~"

이런 실랑이도 다른 곳에서는 시끄럽게 들릴지 모르지만 화결시장 안에서는 그다지 소란스런 축에 끼지도 못했다. 그보다 두세 배는 요란한 소리들로 주위가 술렁이고 있으니 말이다.

"자자, 50년 동안 만두를 빚어온 할머니의 손맛이 가득 담긴 전통 만두입니다. 맛은 확실히 보장해 드립니다. 어서들 오세요, 어서요. 맛없으면 돈 받지 않습니다. 입 안에서 살살 녹는 만두입니다."

"이 옷감으로 말할 것 같으면 서역에서 멀리 이곳까지 운반되어진 것으로 곱기가 마치 구름을 만지는 듯하며……."

"개 사세요, 개. 더운 날에 잡아먹으면 더위를 이길 수 있고 추운

날에 잡아먹으면 추위도 이기게 해주는 만병통치약입니다. 끌고 다니다가 여차하면 비상 식량으로 사용할 수도 있습니다. 이 튼튼한 놈을 보십시오. 어서들 구경하세요. 꼭 약이나 식량이 아니더라도 도둑을 방지해 주기도 하니 절대 후회하는 일은 없을 겁니다."

"나물입니다, 나물. 어서들 사가세요. 싱싱한 나물입니다."

이렇게 화결시장은 시끌벅적하게 움직였다. 하지만 시장이라고 해서 모든 곳이 다 요란스러운 것은 아니다. 개인 상점을 가지고 있는 장사꾼이나 또 터줏대감들은 중심 터에 좌판을 벌여놓고 물건을 팔았고 뜨내기들이나 집에서 직접 만든 떡이나 혹은 기른 나물을 팔러 오는 경우도 있었다. 이런 사람들은 시장 중앙으로는 진출하지 못하고 그저 시장의 한쪽 어귀를 차지하고 있다가 어쩌다 지나는 사람의 발걸음을 붙잡을 따름이었다.

어느덧 해가 뉘엿뉘엿 지고 어둠이 짙어지면서 시장에는 하나둘 상인의 모습과 손님들이 자취를 감추었다. 시장 어귀 쪽에서 과일을 팔던 한 노파도 구부정한 몸을 힘겹게 움직이며 막 과일들을 정리해 돌아갈 채비를 갖추려 했다.

그때 노파를 멈추게 한 것은 30대 후반 정도 돼 보이는 청의를 걸친 사내였다. 청의중년인은 가까이 다가와 친근한 어조로 물었다.

"할머니, 많이 파셨습니까? 집에 들어가는 길인데 어느 것이 맛있는지 모르겠네요?"

할머니는 정이 가득 담긴 웃음을 짓고 중년 사내를 바라보며 말했다.

"이것들은 다 맛이 기가 막히다우. 내 좋은 걸로 골라 드릴까?"

"하하, 그렇게 자신하시는 것을 보니 굉장한가 보군요."

"그럼, 두말하면 잔소리지. 내 싸게 줄 테니 골라보시구려."
"하하, 그럼 열 개만 골라주시겠습니까?"
"내 최고 중의 최고로 골라 드리리다."
할머니는 여전히 미소를 머금은 채 사과를 하나둘 뒤집어보며 고르기 시작했다. 그렇게 막 세 번째 사과를 고르며 바구니에 집어넣을 때였다.
슈욱~
슈욱이라는 소리는 아무리 생각해 봐도 사과를 바구니에 넣는 것과는 상관이 없는 소리임에 틀림없었다. 하지만 그 소리의 진원지는 놀랍게도 따뜻한 미소를 짓고 있는 할머니의 손에서부터 나온 것이었다.
노파는 사과를 놓자마자 손을 매의 발톱처럼 구부린 채로 앞쪽에 있던 사내의 목을 향해 쭉 내뻗었다. 절대 장난으로, 그저 상대를 놀래켜 주려는 그런 식의 상황은 아니었다. 그러기엔 노파의 손이 진행하는 속도나 위세가 너무도 위협적이었다. 보통 사람이라면 손조차 보이지 않을 만큼 빠른 동작이 아닐 수 없었다.
이 급작스런 상황은 곧 중년 남자의 목에 갈고리 같은 손가락이 찔러 들어가고 거기에서 피분수가 사방으로 튈 것이 확실해 보였다. 도대체 사과 열 개를 산 것이 무슨 죄란 말인가. 아니, 원래 15개를 사야 목숨을 부지하고 10개만 사면 곤란하단 말인가? 더욱이 두 사람은 화기애애한 웃음까지 나누었지 않는가 말이다.
하지만 놀라운 일은 거기에서 끝난 것이 아니었다. 목이 꿰뚫려 처참한 지경에 처할 것 같던 사내의 몸이—도무지 믿을 수 없게도—활처럼 허리가 꺾이며 손을 피해낸 것이다. 전혀 예비 동작 따윈 없는 깔끔한 모습이었기에 감탄을 터뜨리지 않을 수 없었다.

　노파가 갑작스레 살수를 전개한 건 말 그대로 갑작스러운 것이었고 두 사람 사이의 거리가 매우 가까운지라 초절정고수라 할지라도 피하기 어려운 정황이었지만 중년 사내는 피한 것이다. 그건 중년 사내의 무공이 고명하다는 뜻도 있겠지만 그보다는 이미 마음에서 어느 정도 상대방의 행동을 염두에 두고 있었음이 분명했다.

　중년 사내가 허리를 뒤로 꺾을 때 노파의 손길은 속절없이 허공을 찍었다. 하지만 이것으로 끝날 리는 만무했다. 노파는 어느새 손을 아래로 찍어 눌렀고 중년인은 오른발로 땅을 밀어 그 힘을 따라 허리가 꺾인 상태에서 뒤로 주르륵 물러났다. 결국 다시 한 번 노파의 손은 허공을 갈랐고 두 사람은 팽팽한 긴장 상태에서 2장여의 간격을 두고 마주 섰다.

　이제 더 이상 화기애애한 장사꾼과 손님이 아니었다. 저녁 찬거리를 사려던 사람들이 이 갑작스런 광경에 놀라 허둥대며 물러섰고 일순간에 사람들이 몰려들어 일정한 거리를 두고 주변을 둘러쌌다. 고수들의 격전은 평생에 걸쳐 한 번 볼까 말까 한 경우가 많은지라 이들로서는 가슴이 뛰는 흥분 속에서 지켜보았다. 제대로만 본다면 후일 술을 마시면서 거창하게 친구들에게 떠벌릴 수 있게 되는 것이다.

　대체로 구경하는 이들의 시선은 노파에게로 쏠렸다. 분명 과일 행상을 하는 것이 확실해 보이는, 거기에 소탈함이 가득 담겨 있던 할머니는 온데간데없이 사라지고 그 자리를 대신해 지금 한 명의 늙은 여전사가 정면을 응시하고 있는 것이다. 그 변신은 너무도 극적이었고 절정에 이른 당황스럼까지 내포되어 있는지라 구경꾼들로부터 호기심을 자극하기에 충분했다.

중년 사내는 어깨를 으쓱해 보이며 놀리듯이 입을 열었다.
"소혼미랑, 눈치 하나는 빠른걸. 너의 변장은 매우 훌륭했다."
거기까지 말한 후 그 뒤부터는 전음으로 말했다.
"하지만 넌 혈곡에 우리 귀영대가 있다는 것을 간과했어. 우리가 널 찾지 못하리라고 생각한 것이라면 솔직히 실망스럽구나. 흐흐."
과일 행상을 하는 노파는 중년인의 말처럼 소혼미랑이 역용(易溶)한 것이었다. 그녀는 심경에 변화를 일으킨 후 혈곡의 인물들과 접선할 지점으로 가지 않고 중원 남단에 위치한 밀림 지대 운남으로 이동해 은밀히 금환신공을 익히려 했다.
그녀로서는 마땅히 혈곡의 추적이 있을 것을 감안하여 시시때때로 모습을 바꾸면서 사람들 속에 묻혀 이동하였는데 결국 한 달이 조금 넘는 시점에서 발각되고 만 것이다.
"용케도 찾아왔구나."
미랑은 할머니 음성을 포기한 채 낭랑하게 말했다. 주변에 모여든 사람들은 살기 어린 대치 속에서 할머니가—그들 눈에는 영락없이 할머니로 보이고 있어 의심의 여지가 없었다—젊은 여자의 목소리를 내자 여기저기서 기이한 탄성을 터뜨렸다.
그녀는 귀영대가 참여한 이상 오늘 이 자리를 벗어나기가 쉽지 않을 것임을 직감했다. 귀영대는 혈곡 내에서도 최고의 추적 능력을 갖춘 이십 인으로 구성되었다. 그중 단연 무서운 자는 귀영대를 이끄는 악풍이었다.
사실 그녀는 귀영대의 존재만 대충 알 뿐 실질적으로 그들을 본 적은 한 번도 없었다. 단 하나 명확히 알고 있는 것은 귀영대가 움직이는 한 결코 벗어나기 힘들다는 것이었다.

'역시 염려했던 대로 그놈의 호접향(蝴蝶香) 때문이야.'

그녀는 천선부로 파견되면서 호접향을 시술받았었다. 호접향은 만리향과 비슷한 효능을 발휘하는 것으로 미랑이 시술받은 나비는 붉은 나비라는 적접이었다. 오른쪽 어깨에 이틀간을 앉아 있게 되면 영원토록 그 향이 남게 되는데 훗날 문제가 발생하여 배신을 하거나 실종되었을 때 적접을 날려 찾아낼 수 있게 되는 것이다.

미랑은 두려움이 몰려들었지만 그냥 주저앉아 죽음을 맞이하는 건 더욱 두렵게 느꼈다. 그녀는 씨익 웃음 짓고 입을 열려고 하다가 그대로 쌍장을 날렸다. 누가 보더라도 분명 무슨 말을 하려고 하는가 보다라고 생각할 그 시점에서 공격은 이루어졌다.

슈욱―

중년인은 귀영대의 1호였다. 귀영대는 각자의 이름 대신 번호로 호칭되었는데, 번호의 빠름과 늦음에 따라 그 능력의 차이가 미세하게 나는 편이었다. 1호는 뜻밖의 기습이라 마주쳐 나가기 어려웠는지 보법을 펼쳐 뒤로 물러서며 장력을 해소하고자 했다.

대결에서는 기선을 제압하는 것이 극히 중요한 요소인지라 연거푸 공격을 쏟아 부어 혼을 쏙 빼놓는 것이 보통이었지만 미랑은 간격이 벌어진 틈을 이용해 그와 반대로 신법을 날려 뒤로 도망치기 시작했다.

하지만 그는 그 모습을 보면서도 느긋했다.

'귀영대는 나 혼자만이 아니란 말이다. 흐흐흐, 쥐덫이 큼지막하게 자리하고 있거든.'

그는 그녀가 뻔히 덫에 걸릴 것이라고 자신하고 있었다. 명확한 건 그녀가 가고 있는 방향으로는 절대 가선 안 된다는 점이었다.

'다 운명이라 할 수 있지.'

그는 순간 신형을 뽑아 올려 미랑이 사라진 곳으로 쏘아갔다. 그 주변에 모여 있던 사람들은 이 황당한 광경에 한동안 넋을 잃고 그들이 사라져 간 방향만 멍하니 바라보았다. 믿을 수가 없었지만 땅바닥을 뒹구는 세 개의 사과가 덩그러니 남아 처량한 모습을 내비치며 사실이라고 말하고 있었다.

미랑의 몸은 쏘아진 화살처럼 내달렸다. 이제껏 살아오면서 지금처럼 빨리 달려본 적이 없었을 정도로 그녀는 달렸다. 하지만 그녀에게 어떤 뚜렷한 목적지가 있을 리 만무했다. 오로지 떠오르는 생각은 한 가지뿐이었다.

'절대 잡혀선 안 된다!'

그 강박 관념이 그녀의 두 다리가 초인적인 힘을 발휘해 움직이게 만들고 있었다. 만일 그들에게 붙잡힌다면……

자신도 모르게 고개를 도리질 쳤다. 상상도 하고 싶지 않았다. 그녀는 혈곡이 배신자를 어떻게 처리하는지 누구보다 잘 알고 있었다. 특히 그녀는 천선부에 침투된 유일무이한 첩자였기에 더욱 그런 이야기를 많이 들었던 터였다.

"자신의 존재가 사라지는 것을 눈으로 목격하는 것은 매우 큰 슬픔이지."
"누구더라? 맞아, 혈랑이다, 혈랑! 아직도 죽지 못하고 있다지?"
"흔히 우리가 듣고 알고 있는 그런 고문은 사실 장난 같은 거라 할 만해."

파견되기 전 정신 교육을 받으며 미랑은 끔찍한 배신자들의 말로에 대해 들었고 직접 그 험악한 광경을 관찰한 적이 있었다. 어떤 협박보다 무서운 협박이었다. 당시 그녀는 배신은 있을 수 없다고 생각했고 또 눈곱만큼도 그런 가능성에 대해 생각해 본 적이 없었다. 하지만 이제 흉악한 몰골이 되어버렸던 배신자들의 모습이 자신의 모습이 될 수도 있다는 생각에 온몸이 서늘해졌다.

그녀는 어느새 숲길을 불규칙적으로 달려가고 있었다.

슈슈슉—

달려가는 중 몸에 나뭇잎사귀들이 스치는 소리가 예리한 검이 검집에서 나오는 듯한 소리처럼 들렸다.

스스스— 스츠츠츠—

이번에는 다른 소리가 들렸다. 그건 미랑의 몸에 닿아 나오는 소리가 결코 아니었다. 조금 더 거리를 둔 상태에서 전달되어진 소리였다. 좌우 양 옆에서, 아니, 좀 더 정확하게는 옆쪽 약간 뒤로 처진 곳에서 들려온 소리였다. 짐승이나 새, 혹은 바람 소리일 것이다라고 간단히 넘기기엔 상황이 너무 급박했다. 무엇보다도 절대 그런 소리 따윈 아니었다. 상상하는 것만으로 현실이 되어 나타나는 그런 마술 같은 일은 결코 일어날 상황이 아닌 것이다.

인정하고 싶지 않았지만 분명 사람이다. 대략 십여 명은 넘을 것으로 추정되는 살인자들인 것이다.

얼마쯤 갔을까?

미랑이 숲길을 뚫고 불쑥 도달한 곳은 숲 안의 작은 공터였다. 그녀는 그곳에서 문득 멈춰 설 수밖에 없었다. 마음 같아서는 하루 종일이라도 달리고 또 달리고 싶었지만 어쩔 수가 없었다.

공터 중앙에 50대 중반으로 보이는 사내가 뒷짐을 진 채 마치 이곳에서 한참이나 기다렸다는 듯 느긋한 표정으로 그녀를 바라보고 있었기 때문이다.

"소혼미랑, 조금 늦었구나."

목을 너무 급격히 많이 사용한 사람마냥 쉬고 갈라진 목소리였다. '너는 누구냐?' 따위의 질문을 던질 필요도 없이 그녀는 상대가 누구인지 알 것 같았다.

'만리추종 악풍, 귀영대의 지도자.'

급히 정지한 미랑에게 앞으로 나아갈 기회는 사라졌지만 그렇다고 이대로 굳어 있을 순 없는 노릇이었다. 지금은 눈 한번 깜박이는 시간조차 소중했다. 그녀는 멈칫했지만 다시 신형을 뽑아 오른쪽으로 몸을 날리려 했다.

슈슈— 슈슉—

하지만 그녀가 막 몸을 빼내려는 그 찰나 열여덟 개의 파란 회오리가 정확히 쏟아져 내렸다. 그들은 그녀를 이곳으로 몰고 온 귀영대들이었다. 그들의 위치는 중앙 쪽에 악풍과 미랑을 물샐틈없이 포위해 버린 상황이었기에 그녀의 도주는 무의미해져 버렸다.

그녀의 가슴으로 절망이 사신처럼 찾아들었다. 역용한 탓에 실제 안색이 보이지 않았을 뿐 지금 미랑의 얼굴은 거의 사색이 되어 있었다.

'결국 여기서 끝나는가.'

이미 만리추종의 눈앞에 이르른 이상, 그리고 귀영대가 모두 모여 있는 이상 도주나 대항 따윈 이미 물 건너갔다고 봐야 옳았다. 이제 남은 희망은 오직 하나 '협상' 뿐이었다. 하지만 그것은 어디까지나 아직은 희망일 뿐이었다.

혈곡, 그리고 그 안의 귀영대라는 이름과 협상은 지극히 어울리지 않는 음정(音程)이었다. 서로 반대쪽을 향해 달리는 것처럼 계속해서 멀어질지언정 가까워질 수 없는 사이이기도 했다.

그녀는 크게 숨을 몰아쉰 후 오른손을 턱 밑에 대고 전체를 쭉 그어 올리듯 손을 머리 위까지 치켜 올렸다. 그러자 연약해 보이는 노파의 모습은 온데간데없이 사라지고 출중한 미를 지닌 본래의 모습만이 나타났다. 그 모습은 두려움에 파리해지긴 했지만 여전히 아름다웠다.

미랑이 굳이 역용을 버린 것은 그의 목숨을 좌우할 이가 남자였기 때문이었다. 남자들에게 있어 아름다움이란 마음을 변하게 하는 중요 요소라고 그녀는 확신하고 있었다.

만리추종 악풍이 살짝 미간을 찡그렸다가 다시 폈다. 미혹에 빠지지 않으려 스스로를 경계하는 마음으로 찡그린 것인지, 아니면 미모 따위로 자신의 마음을 흔들어놓으려 함에 기분이 상한 것인지 구분하기 어려운 찡그림이었다.

그의 얼굴은 특이하게 생긴 부분은 없었지만 전체적으로 볼 땐 매우 특이했다. 눈, 코, 입이 조화가 이루어지지 않는다는 것이 아니라 기묘하게도 성격적으로 빈틈을 찾아보기 어려울 것 같은 꼼꼼함과 예리함이 묻어나는 그런 모습이라 할 수 있었다.

어지간히 인상을 논할 줄 아는 사람이라면 그 앞에서 허튼 계략을 꾸미길 포기할 것만 같은 그런 얼굴이었다.

"천보갑을 내놓아라."

차가운 얼굴은 그대로 둔 채 입술만 달싹거렸고 다시금 쉰 듯한 음성이 나왔다.

천보갑을 내놓아라.

지금 이 순간에 있어 가장 중요한 말이었다. 악풍에게도, 귀영대원들에게도, 그리고 미랑에게도 중요했다. 천보갑은 목숨이었다. 잠시의 정적이 1년이 지난 듯한 긴장 속에서 악풍이 말을 이었다.

"간단히 한 번만 설명하겠다. 귀를 열고 들어라."

"……."

"네가 얼마나 시간을 끄느냐에 따라 얼마만큼 고통스럽게 죽을지가 결정난다. 이왕 죽을 바에야 편하게 죽는 쪽으로 지혜로운 선택을 하길 바란다. 단번에 천보갑을 건넨다면 내 특별히 너에게 고통없이 죽는 영광을 안겨주겠다."

악풍은 영광 운운하는 부분에서는 거의 특별 대우라도 된 듯 '영광' 이 두 글자를 조금 힘주어 말했다. 그 모습은 언뜻 벼슬을 하사하는 황제의 권세처럼 보였다.

미랑은 긴장으로 침을 꿀꺽 하고 삼켰다. 긴장하는 모습을 보이지 않고 자연스럽게 평상시대로 침을 삼켜야겠다고 생각했지만 그렇게 의식해서인지 오히려 침을 삼키기 곤란해져 악풍의 말이 끝난 후에야 그녀는 침을 삼킬 수 있었다. 그녀는 스스로에게 강해져야 한다고 소리치고 입을 열었다.

"후후, 저를 너무 무시하시는군요. 천보갑은 곧 생명과 연관되어 있음을 아는데 어찌 아무 곳에나 두었겠습니까? 만일 목숨을 보장해 주신다면 말씀드리겠으나 그렇지 않다면 저와 함께 천보갑은 영원히 사라질 겁니다. 귀영대의 악풍님께서 허언을 하진 않으리라 믿습니다."

미랑은 애써 두려움을 감추고 또박또박 말했다. 그녀로선 도박을 하지 않을 수 없는 입장이지만 어쨌든 그녀의 이 말로 인해 고통없이 죽는 영광(?)은 사라진 셈이었다.
"하하하, 거래를 하자는 것이군."
악풍의 반응은 곧바로 나왔다. 그는 그녀의 반응이 의외여서 기쁜 듯 크게 웃었다.
"뜻밖의 대답이군. 내 권태스러운 마음을 일깨우는 기쁜 발언이야. 머리가 있다면 그 정도는 충분히 생각해야지. 아무렴. 마음에 드는군. 그럼 내가 어떻게 보장해 주면 천보갑에 대해 말할까?"
악풍의 반응으로 보아 미랑의 도박은 성공한 듯 보였다. 하지만 악풍의 말이 미처 끝나기도 전에 좋은 말과는 전혀 어울리지 않는 경악성이 미랑의 입에서 새어 나왔다.
"헉……!"
그녀의 표정엔 당혹스러움이 역력했고 진정한 절망이 엄습했다.
'어, 어떻게……!'
그녀의 몸은 이미 마비되어 버린 상태였다. 손목에, 왼쪽 가슴에, 허벅지 쪽에서 뜨끔한 충격이 전해지더니 삽시간에 온몸이 마비되어 버린 것이다.
온 천지가 흑암으로 물들었다.
마비의 원인은 악풍이 소리도 흔적도 없이 날린 세 개의 섬전침 때문이었다. 적이 가까운 위치에 있을 때 소리와—또 워낙 가는 까닭에—형체도 없이 침이 날아드는 것으로 혈을 제압할 때 사용되는 악풍만의 암기술이었다.
악풍은 자신이 제안한 영광된 죽음을 거부하자 거래를 하는 것처럼 말해 미랑의 마음에 작은 빈틈을 만들어놓았고 섬전침으로 제압한 것이다.

그가 염려한 것은 도망가는 것이 아니었다. 자칫 두려움에 사로잡혀 자결을 하게 되면 천보갑을 찾는 데 오랜 시간을 보내야 할지도 모르는 일이었기에 그것이 염려스러울 뿐이었다. 게다가 입을 열게 할 방법은 무궁무진했다.

"이제 좀 마음이 놓이는군. 내가 얼마나 걱정했는지 모를걸? 대체로 간덩이가 작은 녀석들은 스스로 목숨을 끊어버리거든."

소혼미랑은 두려움에 젖어 몸을 미세하게 떨었고, 온 얼굴에는 눈물과 땀이 어느덧 범벅이 되어버렸다.

그녀는 잘 알고 있었다.

제일 먼저 발톱과 손톱이 뽑힐 것이다. 그 정도는 이를 악물지 않아도 참아낼 수 있다. 하지만 그건 어디까지나 시작일 뿐이다.

온몸의 뼈를 자근자근 부러뜨릴 것이다.

자신의 팔이 절단나는 것을 보게 될 것이고 죽기 전에 아름다운 얼굴에 온갖 칼자국을 남겨놓을 것이다. 또 그것을 잔인하게도 거울을 들이대며 보게 할 것이다.

한쪽 눈을 뽑고 햇빛을 바라보게 할지도 모른다.

일 식경 뒤엔 나머지 눈도 뽑을 것이다.

이 모든 것보다 더한 것들이 기다리고 있을지도 모른다.

그녀에게 느닷없이 맹공효의 음성이 떠올랐다.

"천보갑 따윈 당신에 비하자면 아무것도 아니야. 하하하."

천보갑을 얻기 위해 그를 죽였다. 이 세상에 누가 있어 천보갑보다 자신을 아껴주겠는가? 하지만 그는 그렇게 말했고 또 충분히 그럴 만한 사람이었다.

'그대만이……'

하지만 후회하기엔 너무 늦었다. 그리고 죽음의 그림자는 후회하는 여유마저 허락하지 않았다.

"부디 용서해 주십시오. 평생 악풍님의 몸종이 되어 살겠습니다. 시키는 일은 무엇이든 하겠습니다. 부디 살려주십시오."

거의 울먹이다시피 그녀는 다시 도리질을 한 후 말을 이었다.

"아니, 아닙니다. 그냥 이 자리에서 죽여만 주십시오. 부탁입니다. 죽여주십시오."

그렇게 말하는 그녀는 어느덧 귀신처럼 다가온 악풍의 눈앞에 놓였다. 그는 저승사자였다. 아니, 저승사자보다 몇백 배는 더 무서운 존재─그 존재가 어떤 존재인지 모르지만 만일 있다면─였다.

"아름다움이 사라지는 건 참 서글픈 일이지. 마치 꽃이 시드는 것처럼 말이야."

그때였다.

휘리릭 하는 소리와 함께 이십 인으로 구성된 귀영대 중에서 천보갑을 찾으라 보냈던 3호와 7호가 옆으로 내려앉았다.

"천보갑을 찾았습니다."

또렷하게 전해오는 그 말은 미랑을 향한 사형 선고였다.

"사과 궤짝 밑에 이중으로 나무를 대고 그곳에 숨겨놓은 걸 발견했습니다."

악풍의 눈빛이 천보갑에 꽂히며 반짝였다. 천하제일고수의 마지막 유품이 담긴 천보갑이 눈앞에 이른 것이다. 중요한 건 그 안에 들어 있는 금환신공이었다.

악풍은 다시금 냉막한 시선으로 돌아가 천보갑을 받아 들었다.

"수고했다."

그리곤 다시 눈을 미랑 쪽으로 향했다.

"소혼미랑, 너는 더 이상 가치가 없겠구나. 물론 지금 찾지 못했다고 해서 너의 처지가 좋아질 리는 만무하지만 말이다."

"용서하십시오. 부디… 용서를……."

"좀 시끄럽군."

악풍이 소매를 스윽 들었다 놓자 아혈까지 찍혀 버린 미랑은 아무 말도 못하고 도살꾼 앞에 놓인 소처럼 눈물만 뚝뚝 흘렸다.

악풍은 품에 손을 넣더니 작은 약병을 꺼냈다. 거기엔 아무 글자도 써 있지 않았지만 미랑은 그것이 무엇인지 알아차렸다. 그녀는 놀람에 겨워 눈물 흘리는 것도 잊어버리고 기절할 것만 같았다.

'지, 진초화골산이라니……!'

그렇다. 진초화골산이었다. 그녀가 상상했던 것 이상의 고통을 안겨줄 진초화골산이 나온 것이다. 그녀는 아혈이 찍히기 전에 혀를 깨물고 죽지 않은 것이 안타깝고 원망스러웠다.

악풍이 다정하게 말했다.

"두 발에 발라놓을 테니 네가 알아서 적당히 썩고 적당히 죽도록 하거라. 원래 사람이 흙에서 왔으니 흙으로 돌아가는 것은 당연한 것 아니겠어?"

악풍은 옆집 할아버지가 어깨를 두드려 주며 슬픔을 위로해 주는 듯한 목소리로 끔찍한 소리를 태연히 내뱉었다. 소혼미랑은 이때 아무엇도 보지 못하고 아무것도 듣지 못했다. 공포가 그녀를 얼어붙게 만든 것이다.

악풍이 병마개를 열어 그녀의 양발에 각기 서너 방울씩 떨어뜨렸다. 그러자 치이익 하는 소리와 함께 발이 타 들어가는 듯 연기가 솟아올랐다. 악풍은 만족스럽다는 듯 고개를 끄덕였고 미랑은 극심한 고통에 눈을 까뒤집고 입으로는 거품을 물었다.

"아… 악……!"

아혈이 짚인 상태에서도 그 고통이 얼마나 컸으면 소리가 조금씩 새어 나올 지경이었다. 그녀는 또 마혈이 찍혀 움직이지 못할 텐데도 조금씩 발작적으로 몸을 움직이며 고통스러워했다. 그녀의 몸은 지금 발부터 시작해서 썩어 들어가는 중이었다. 그건 하루 동안 진행되며 온몸을 썩어 문드러지게 하고 끝내는 녹아버릴 것이었다.

악풍은 그녀를 발로 걷어차 숲 속으로 처넣었다.

"잘 가라, 흙덩어리. 하하하……."

그녀가 수풀 속에 처박혀 고통스러워할 때 악풍과 귀영대는 신법을 전개해 그곳을 떠났다. 미랑만이 그곳에 외롭게 남아 썩어갔다.

9장
견물생심
(見物生心)

견물생심(見物生心)

무엇을 향해 달려가는가, 인생이여!
보물을 얻는다 하여 마음이 채워짐인가?
만일 어떤 보물이 있어 천 년을 살 수 있게 해준다고 치자,
그걸 얻기 위해 수천 명을 죽였다고 치자,
그의 천 년은 과연 행복할 것인가?
— 일이관지 소하천.

"지금부터 내가 하는 말을 잘 들어라."
악풍과 귀영대는 소혼미랑을 제거한 후 약 두 시진(4시간 정도) 동안을 쉼없이 혈곡을 향해 달려갔다. 그 시간 동안에 어느 누구도 입을 여는 자는 없었다. 일단은 천보갑을 탈취했던 자리에서 크게 벗어나는 것이 급선무였다.

아무런 흔적을 남기진 않았다고 해도 세상일이란 누구도 장담할 수 없는 것이 아니던가. 추적에 있어서 최고인 귀영대였기에 그들은 자만과 교만에 빠지면 결국에는 패망으로 치달을 뿐이라는 것도 잘 알고 있었다.

어찌 보면 천보갑과 그 안에 든 비급이 갖는 의미가 대단하다는 것을 뜻하는 것이리라. 자칫 전 강호에 피바람을 몰고 올지도 모르는 것이다.

터질 듯한 긴장 속에 달려왔던 두 시진이 지난 다음에 대주 악풍은 귀영대원들을 잠시 쉬게 하며 입을 열었다.

그의 표정은 평소에 봐오던 대주의 모습이 아니었다. 거의 대부분 귀영대원들에게 악풍은 대주이기 이전에 사부였다. 그에게 귀영대원이 되기에 필요한 모든 힘을 전수받은 것이다. 그들은 늘 삼 푼의 여유를 지니고 있던 대주가 이렇게 긴장하는 것을 오늘 처음 보았다.

"너희는 혈곡으로 돌아가기까지 결코 긴장을 늦춰선 안 될 것이다. 제일 중요한 건 비밀을 유지하는 것이다. 소혼미랑이 아무런 상처도 없이 도주하고 있었던 것으로 보아 맹공효는 암계에 걸려 허무하게 죽은 것이 분명하다. 그렇기에 강호에 천보갑에 대한 소식이 유출되지 않은 것이 확실하지만 언제나 변수는 발생하기 마련이다. 그것은 외부인의 위험이 될 수도 있고 내부에서 문제가 발생할 수도 있는 것이다."

귀영대들은 귀를 기울이다가 '내부에서 문제가 발생할 수도'라는 말에 가슴이 뜨끔한 한편 싸늘해졌다. 그것은 누구도 부인할 수 없는 것이었다. 소혼미랑으로부터 천보갑을 빼앗은 후 그들은 각기 마음속에 한번 정도씩은 상상을 했었다.

'저 금환신공을 내가 익힐 수만 있다면…….'
'한번 구경이라도 했으면 좋겠구나.'
'천하제일고수라… 천하제일고수…….'

이런 욕구로 인해 뜨끔했고 또 싸늘해진 것이다. 대원들 중 누군가가 천보갑에 대해 욕심을 품고 칼부림할지도 몰랐고 암습을 가할지도 모르는 것이다. 한번 마음이 차우치면 이성적으로는 도저히 어찌해 볼 수 없이 돼버릴지도 모르니 말이다.

그들은 이제껏 서로를 신뢰하며 함께 생사를 같이해 왔다. 하지만 이제 중원 최고의 비급이며 천하제일인이 될 수 있게 해줄 천보갑 앞에서 신뢰는 경계심으로 바뀌고 탄탄하게 이어지던 의리의 끈은 너덜거리며 잘려 나간 것만 같았다.

악풍의 말이 이어졌다.

"강호에는 우리가 알지 못하는 고수들도 가득하다. 얼마 전에 있었던 마천이 멸망한 것을 너희는 기억하느냐?"

그것은 굳이 대답을 바라는 말이 아니었다. 마천의 고수들이 단 하루 만에 몰살당해 버린 그 일은 혈곡에서도 충격으로 받아들여졌다. 특히 거기에 새겨진 '천외천'이라는 조직은 이제껏 듣도 보도 못한 것이었다. 하늘 밖의 하늘, 하늘 위의 하늘이라는 뜻처럼 그들의 힘이 어느 정도인지 짐작조차 할 수 없었다.

혈곡이 알고 있는 상식 속에서 마천을 단 하루 만에, 그것도 강시들까지 쓸어버릴 곳은 중원에 존재하지 않았다. 그건 꿈에서나 가능한 일이거나 신화 속에서나 등장할 법한 신(神)이 등장해야 가능한 일인 것이다. 하지만 그것은 현실이 되어 눈앞에 펼쳐진 것이다.

"…그렇기에 우리가 혈곡에 발을 디딜 때까지 결코 방심해선 안 된다는 것이다. 또한 지금부터 귀영대 전원은 천보갑에 대해 일체 말하는 것을 금하도록 하겠다. 실수로라도 천보갑을 들먹거리는 사람은 죽음을 피하지 못할 것임을 명심하라."

"네."

마치 한 사람이 소리를 내듯 귀영대원 이십 인이 일제히 작지만 절도있게 답했다.

"그리고 지금 이 시간부터는 가까이에 있는 서로를 절대 믿지 말고 서로가 서로를 감시하도록 하라. 은연중에 힘을 규합하여 천보갑을 탈취하고자 하는 자를 발견하는 자에겐 곡에 들어가 크게 포상하도록 하겠다."

악풍의 이 말이 떨어짐으로 인해 간신히 남아 서로를 지탱해 주던 믿음의 끈은 확실히 끊어져 버렸다. 서로를 지켜주던 동료에서 이젠 서로가 감시해야 할 입장이 되어버린 것이다.

'충분히 가능성이 있어. 대주께서 전에 말씀하시길 귀영대 일곱이 연합하면 자신의 힘으로는 버거울 것이라 했다. 비록 스치듯이 농담처럼 말했지만 그건 틀린 말이 아니지.'

'설마 그런 일이 일어나기야 하겠는가. 죽음의 고비를 넘나들던 우리가 아니냔 말이다.'

'내가 생각할 땐 1호가 제일 가능성이 높아. 그는 우리들 중 무공이 가장 뛰어나고 그를 좋아하는 이들도 많지 않은가.'

'1호와 7호, 그리고 11호가 요주의 인물이 되겠군.'

그들은 각기 나름대로 앞으로의 가능성에 대해 다각도로 생각해 보며 더욱 신중해졌다.

"일단 우리의 목표는 곡으로 최대한 빨리 돌아가는 것이 중요하다.

하지만 모두가 함께 움직이기엔 걸리적거리는 바가 없지 않으니 세 덩이로 나누어 가도록 하겠다. 6호부터 15호까지는 나와 함께 중앙에 위치하여 이동하도록 하고, 1호와 5호는 후미를 맡고, 16호와 20호까지는 선두를 맡도록. 간격은 항상 해오던 대로다."

"명을 받들겠습니다."

이런 대형은 여러 차례 다른 작전에 투입되었을 때도 사용했던 것이라 그리 의아한 것만은 아니었다. 하지만 사안이 사안인지라 귀영 대원 모두는 대주 악풍이 힘을 분산시켜 내부의 세력화를 제어하려고 한다고 생각했다.

세 덩이의 간격은 신법으로 약 일 다경(15분) 정도의 간격을 두는 것을 기본으로 해왔었다. 그리고 한 시진(2시간) 후 잠시 휴식을 취하고 다시 진행하는 방식이었다.

"자, 그럼 각기 위치로 가도록 하라."

선두와 후미를 맡은 이들이 재빨리 신형을 날려 사라졌다. 그 모습을 바라보며 9호의 눈이 미세하게 흔들렸다. 그의 마음에 불길한 예감이 스친 것이다.

'왜 이리 마음이 혼란스럽지?'

그는 생애 지금처럼 불안한 적이 없었다.

악풍은 일 다경이 지나자 10인의 수하들과 함께 신형을 날렸다. 어느덧 해가 저물었는데 점차 어둠이 짙게 밀려들고 있었다.

암암리에 약속된 시간이 되어 악풍은 잠시 휴식을 명했다. 밤으로 향하고 있었지만 달빛이 환히 비춰주고 있는 까닭에 주위는 그리 어둡다고 느껴지지 않았다.

악풍은 나무에 기대고 약간은 느긋한 자세를 취하며 주변을 둘러보았다. 주위엔 대원들이 어지러이 앉아 휴식을 취하는 것처럼 보였지만 사실은 각기 살펴야 할 위치에서 경계를 늦추지 않고 있었다. 비록 계속되는 이동으로 피곤이 몰려든 건 사실이었지만 긴장을 풀기엔 지금 이 사안이 너무 중요했다. 지금 이런 상황 속에서는 아무리 편히 쉬라고 해도 결코 편히 쉴 수 없을 것이 분명했다.

그때 악풍이 허리춤에서 물병을 열고 목을 축이려다 물이 하나도 남지 않음을 보고 가까이에 자리한 8호에게 말했다.

"8호, 물이 남았느냐?"

"저도 물이 없습니다만……."

그 뒤에 있던 11호가 얼른 자리에서 일어나 물병을 악풍에게 전했다.

"제게 조금 남았습니다."

악풍이 받아 들어보니 딱 한 모금 정도밖에 남아 있지 않아 차마 마실 수가 없었다. 그는 물병을 다시 11호에게 건네주고 모두에게 말했다.

"됐다. 이곳에서 멀지 않은 곳에 우물이 있으니 그곳에서 물을 보충하도록 하자."

11호가 멋쩍게 물병을 받아 들었다. 나머지 대원들도 그런 악풍의 말에 조금은 여유를 찾았다. 그들은 거의 대부분이 악풍을 좋아했다. 악풍이 잔인할 때는 끔찍스러우리만큼 잔인하다는 것은 알지만 그것은 어디까지나 배신자에게 해당하는 것이었다.

귀영대의 특성상 배신자들을 척결하는 일이 많았는데 그때마다 악풍이 보여준 면모는 살 떨리는 것들이었다. 그때마다 그들은 악풍과 같은 편에 서 있다는 것에 감사했다.
　'만일 적으로 만난다면?'
　그건 상상하고 싶지 않은 일이었다.
　예정보다 조금 더 일찍 일어난 일행은 악풍의 인도에 따라 우물가에 이르렀다.
　"일단 이곳에서 목을 축이고 물병에 물을 보충하도록 하라."
　현 상황에서 물은 필수였다. 흔적을 남기지 않기 위해 객점을 이용한다거나 야생 동물을 잡는 것도 현재로선 위험한 일이었다. 아직 아무런 장애도 나타나지 않았지만 천보갑은 이 정도 정성을 기울일 만한 것이었다. 몸에 지니고 있는 마른 고기와 함께 물은 중요한 식량이 되는 셈이었다.
　각자는 목을 축이고 물통에 물을 채워 넣었다. 물이 목을 타고 안으로 들어가자 가슴에 시원한 감촉이 퍼졌다. 이 순간만큼은 서로를 의심하고 경계하던 마음이 눈 녹듯이 사라져 버린 듯 서로 마주 보며 웃었다. 그들의 눈은 '그래, 우린 하나야!' 라고 말하고 있었다.
　그들은 그 기분을 살려 다시금 신형을 날려 길을 떠났다. 환한 달빛을 받으며 어두운 밤길을 관통하는 그들의 동작은 낮보다 더욱 빠르게 보였다.
　그러던 어느 순간이었다. 대략 우물가를 떠난 지 약 일 식경(30분) 정도가 되었을까.
　풀썩. 풀썩.
　악풍을 뒤따르던 귀영대원들 두 명 9호와 13호가 쓰러지는 소리였다.
　"으윽……!"

견물생심(見物生心)

그들은 고통스러운지 가슴을 움켜쥐며 신음을 토해내고 있었다.
"무슨 일인가?"
급히 근처에 있던 대원들이 그들의 상세를 살폈고 나머지는 암습자에 대비해 진형을 갖추었다. 하지만 그건 아주 잠깐 동안의 의도일 뿐이었다.
"욱……!"
"어억!"
그들조차도 9호와 13호처럼 가슴을 움켜쥐고 바닥을 뒹굴었다. 총 10명 중 8명이 쓰러지고 제대로 서 있는 사람은 7호와 11호뿐이었다. 둘은 순간적으로 '독'에 당했음을 감지했다.
"우물물?"
이 두 사람은 물통에 남아 있던 물을 마시고 우물물을 담기만 했을 뿐 마시지 않은 터였다.
"대주님!"
그들은 악풍을 바라보고 경악성을 터뜨렸다. 그도 몸을 비칠거리며 신음을 발하고 있었다.
"으윽! 도대체 누가……"
7호가 황급히 달려가 바닥으로 쓰러지려는 악풍을 부축했다.
"정신 차리십시오!"
그 순간이었다.
악풍의 눈이 한순간 빛나는가 싶더니 그의 손이 불쑥 7호의 가슴을 파고들었다. 그건 말 그대로 파고든 것이었다.
7호는 자신의 심장 쪽을 뚫고 들어온 악풍의 손을 보며 믿을 수 없다는 듯 눈을 부릅떴다. 그는 서서히 의식의 끈이 끊어져 가며 비릿하게 웃는 악풍의 미소를 보았다.

　마지막 죽음의 순간에 세상의 그토록 아름다운 것들을 제쳐 두고 그런 잔인하고 욕망에 찬 눈빛을 보며 죽는다는 것은 슬프기 그지없는 일이었다.

　악풍은 7호의 가슴에서 손을 쑥 잡아 뽑아 피가 철철 묻어난 손을 옷에 문질렀다. 그 모습을 보며 11호는 너무 놀라 분노해야 한다는 것마저 잊어버렸다.

　"왜, 왜 그래야 했습니까?! 천보갑 때문인 겁니까?!"

　그는 아무리 혈곡이 사파라 해도 의리를 믿었다. 하지만 이게 무어란 말인가.

　용서를 구해야 할 악풍은 눈을 이글거리며 오히려 분노를 토했다.

　"내가 천보갑을 입에 올리면 죽게 된다고 했지 않더냐!"

　그게 다 무슨 소용이란 말인가. 천보갑을 얻기 위해 수하들을 독살하고 수하의 피를 묻힌 사람이 누굴 탓한단 말인가. 11호는 어이가 없어 아무 말도 할 수가 없었다. 그가 진지하게 내부의 적을 경계해야 한다고 했던 말이 떠올랐다.

　이때 악풍은 어느새 칠강도를 빼 들고 11호를 향해 짓쳐들었다. 칠강도는 칼등 부분이 초생달 모양처럼 파인 그의 독문병기였다. 칠강도가 11호의 허리를 수평으로 베어갈 상황에 놓였지만 11호는 전혀 피할 생각이 없는 듯 보였다.

　슉―

　아무 저항도 하지 않는 11호를 향해 칠강도는 멈출 줄 모르고 뻗으며 허리를 베어갔다. 아무런 저항도 없던 11호는 칼이 몸을 쓸어가기 직전, 악풍이 옆으로 지나갈 그때 처연한 한마디를 남기고 허리가 두

동강난 채 세상을 떠났다. 그는 몸이 반 토막나며 사라졌지만 그의 음성은 악풍의 귀에 꽂혀 아른거렸다.
"개자식!"
확실히 그는 개자식이라고 했다. 11호는 이 말만을 남기고 죽음을 맞이했다. 거의 20여 년 넘게 생사를 같이했던 그들이었다. 악풍을 스승처럼 모시며 믿고 따랐었다. 하지만 천보갑을 얻기 위해서 그는 가차없이 수하의 목숨을 앗은 것이다.
그는 진실로 '개자식'이었다.
악풍은 피분수를 뿌리며 쓰러지는 11호를 보며 광소를 터뜨렸다.
"크하하하! 그래, 나는 개자식이다. 내가 천하제일고수가 될 수만 있다면 나는 개자식이라는 말을 기꺼이 감수해 주마. 마음대로 지껄여라."
그는 이윽고 품에서 노란 병을 꺼내 죽은 열 명의 수하들의 몸에 액체를 뿌렸다. 그러자 곧바로 그들의 몸은 '프스스' 하는 소리와 함께 액체로 변해 흔적도 없이 사라졌다.
"좋아, 이제 나머지들도 없애주어야겠지."
그의 신형은 선두를 달리고 있을 수하들에게 향했고 그의 목과 가슴 부근의 옷에는 피가 흥건히 고여 있었다. 그건 11호의 몸에서 뿜어져 나온 피였다.

"으허억……!"
거친 신음 소리에 놀라 앞서 가던 귀영대의 16호부터 20호까지가 일제히 소리가 난 쪽으로 달려들었다. 그들은 잠시 휴식을 취하고 있는 중이었다. 휴식 중에도 긴장의 끈을 놓지 않고 있던 그들은 피에 젖은 악풍을 발견하고 모두들 경악스런 얼굴로 변해 그를 부축했다.

"이게 누구의 짓입니까?"

"어떻게……."

악풍이 고통스럽게 숨을 헐떡이며 말했다.

"나머지는 모두… 모두 죽었다. 나를 업고 어서 일단 이곳을 피해… 엄청난 고수가… 뒤에……."

그들은 악풍 대주가 이런 상처를 입을 정도면 피하는 것이 급선무라고 판단했다. 어줍잖게 덤볐다가는 모두 살아날 가능성이 없었다.

17호가 악풍을 업고 옆길로 빠져 달려갔다. 악풍은 업힌 상태에서 '히죽' 하며 잔인한 미소를 지었다. 아마 고개를 돌려 그 모습을 보았다면 17호는 공포에 영원히 사로잡힐지 몰랐다. 악풍은 손을 뻗어 17호의 머리를 내려쳤다.

퍼억!

수박 깨지는 소리가 나면서 17호가 그 자리에서 고꾸라졌고 악풍도 함께 쓰러졌다. 그 소리에 나머지 대원들은 암습자가 있는 것으로 판단하고 악풍의 안위를 살피기 위해 사방을 점하고 뒷걸음치며 모여들었다. 악풍의 눈에는 등을 보이고 모여드는 수하들이 '죽여주십시오'라고 말하는 것으로밖엔 보이지 않았다.

'크크. 그래, 죽여주마.'

악풍은 삽시간에 도를 휘둘러 네 명을 모두 베어버렸다. 그들은 왜 죽어야 하는지, 누가 죽인 것인지도 모른 채 그렇게 죽었다.

"크크큭… 바보 같은 녀석들."

그는 그동안 아껴왔던 수하들을 미련하다는 듯 바라보았다.

"이제 후발대 녀석들만 남았군."
그들을 없애는 것도 식은 죽 먹기였다. 누구도 이들처럼 자신을 의심하지 않을 것이다.

10장
가지고 있으나
결코 가질 수 없는 것

가지고 있으나 결코 가질 수 없는 것

그림의 떡?
저 멀리 보이는 미녀?
꿈에서 보았던, 꿈이 영원했으면 하고 바랄 정도의 환상들.
이 모든 것들을 통해 느끼는 허탈한 상실감보다
나는 지금 수천 배 괴롭다.
　　　　　　　　　　　　　—천보갑을 앞에 둔 악풍.

　악풍이 그리도 끔찍스런 일을 자행한 것은 처음부터 계획된 것은 결코 아니었다. 그가 물론 호기심을 가지지 않은 것은 아니었지만 그건 말 그대로 호기심일 뿐이었다. 그는 곡주 단천우가 은밀히 불러 천보갑에 대해 말하고 그것이 얼마나 막중한 것인지에 대해 설명을 들었을 때만 해도 자신의 일에 충실하고자 했었다.

하지만 예로부터 전해 내려온 말들에는 절대적인 진리가 담겨 있는 법이다.

견물생심(見物生心).

그의 마음은 소혼미랑의 흔적을 찾아내고 그녀에게 가까이 다가갈수록 탐욕이 꿈틀거리며 솟아나기 시작했다. 그리고 탐욕은 그녀를 대하는 순간, 그리고 이어 천보갑을 건네받은 순간 폭발적으로 몸의 모든 신경을 자극하며 그에게 살의를 불러일으켰다.

―천보갑이라구. 천보갑을 얻는 데 그까짓 것들의 목숨이 뭐 그리 대단하단 말이냐.

악마가 그의 귓가에 대고 끊임없이 속삭였다.

―그래도 그들은 내 제자와 같은 존재들인데…….

―그런 약한 소리 따윈 집어치워. 너는 너 자신을 속이고 있어. 너의 자신을 좀 더 가까이 들여다보란 말이다.

그는 악마의 외침에 점점 승복했다. 그리고 결국에 가서는 '그래, 난 그렇게 하고 싶지 않았지만 결국 악마가 유혹하는 것은 너무 강렬했어. 그래서 어쩔 수가 없었던 거야'라고 생각하기에 이르렀다.

그때부터 그는 모든 양심과 정을 떨쳐 내고 귀영대원들을 죽일 계획에 돌입하게 되었다. 그리고 깔끔하게 그들을 처리한 후 그의 마음은 홀가분하기 그지없었다.

후회한다든지, 혹은 그들의 죽음에 연민의 감정을 품는 따윈 거의 없었다. 그보다 지금 그의 마음엔 어서 천보갑을 열고 그 안에 든 천하제일신공이라 불리우는 금환신공을 살펴보고 싶은 열망에 사로잡혀 있었다.

비록 어쩌면 혈곡의 추적이 벌써 시작되었는지 모르지만 그런 것은 전혀 두려울 것이 없었다. 그는 혈곡에서 인정하는 최고의 추적자였으니 말이다. 물론 혈곡에서 그만한 인물이 없는 것은 아니었지만.

만리추혼 모진호.
희풍 갈천극.
온세추렴 풍화.

이들도 전문적인 추적의 달인들이었다.
하지만 그들은 아무리 높이 봐도 동급일 뿐이다. 그들이 흔적을 발견했다 하더라도 이미 그때 악풍은 멀리 사라진 뒤일 것이다. 승산은 충분하다고 판단 내린 터였다.
그런 자신감과 함께 떠오른 것은 곡주 단천우에게 받았던 모욕이었다. 사실 그건 모욕이라고 말하기엔 지나친 감이 있었지만 아주 사소한 것일지라도 악풍은 혈곡을 등져야 할 당위성을 조장하고 합리화하는 데 사용했다.
모욕을 갚기 위해서라도 나는 분명 천하제일이 되어야 한다라는 것이 그의 마음가짐이었다. 어떤 조직에서든 하급자들이 욕을 먹는 일은 비일비재하지 않던가. 그만큼 악풍이 당한 모욕감이라는 것은 보잘것없는 것이었다.
그는 지금 신법을 쾌활하게 놀렸다. 목적지는 장기적인 은신처가 아닌 단 하루 정도의 은신처면 충분했다. 아니, 하루도 길었다. 차 한 잔 마실 정도의 시간 동안만 몸을 감춰주면 되었다. 천보갑을 열고 그 속에 들어 있는 비급을 만져 볼 수 있는 시간이 필요했던 것이다.

그의 마음은 다급하기 그지없었다. 비급을 처음 바라볼 때의 그 설렘, 처음에 만져지는 그 감촉 등을 느끼고 싶었다. 아마도 그는 비급을 꺼내 들고 두 손으로 꼬옥 끌어안을지도 몰랐다. 혹은 볼에 부벼대고 눈을 감으며 그 느낌을 즐길지도 몰랐다. 그렇기에 그는 시급히 은신처를 찾아야만 했다. 그의 호기심이 어찌나 크던지 조금만 지체된다면 심장이 터져 버릴지도 모른다는 불안감이 들 지경이었다.

그의 심장이 터져 나가기 전 그는 다행히 작은 동굴을 발견했다. 그는 발정기에 이른 개처럼 흥분해 동굴 안으로 날뛰듯 들어갔다. 어쩌면 발정난 암캐가 그보다는 얌전한 축에 속할지도 모를 지경으로 그는 흥분해 있었다.

아무도 없는 동굴에 박쥐 서너 마리만이 감시하고 있는 그곳에서 그는 조심스럽게 천보갑을 품에서 꺼냈다. 마치 그 동작은 가슴팍에서 심장이라도 꺼내는 것만큼이나 숭고한 동작이었다. 그는 천보갑을 한없이 고결한 생명을 대하듯 바라보았다. 그의 눈빛엔 천보갑으로 인해 희생된 미랑과 스무 명의 귀영대들의 피가 섞여 있어 아주 추한 눈빛으로 칙칙한 상태였다.

천보갑은 일반적인 비급 두 권 정도를 넣을 수 있을 만큼의 두께와 폭을 갖추었는데 거기엔 어떤 장식도 없었다. 표면은 약간 까칠까칠하게 이루어졌는데 그 투박함이 오히려 더욱 신비로움을 자아냈다. 아마도 그것이 천보갑이라는 이름과 그런 명성에 어울려졌기에 그런 느낌을 자아냈으리라. 천보갑의 옆면에는 작은 구멍이 하나 있었는데 그곳은 열쇠 구멍인 것이 확실했다.

'열쇠로 열 수만 있다면 천보갑을 훼손시키지 않겠지만 이런 껍데

기가 무에 그리 대단하단 말이냐.'

 그런 생각을 하며 그는 언뜻 절친한 친구인 백미마군 황태를 떠올렸다. 황태는 기관학의 대가로 은둔자의 생활을 즐기는 그가 천보갑에 대해 했던 말이 생각난 것이다.

 "난 말야, 천보갑에 어떤 것이 들어 있어도 그런 것에는 관심도 없어. 아마 사람들은 여러 가지 생각들을 하겠지만 그런 것들은 내겐 아무 중요한 문제도 아니란 말이네. 오직 내게 소중한 건 천보갑 그 자체야."

 "후후……."
 그로선 그런 황태의 발상이 우습기 짝이 없었다. 천보갑이 무엇이 그리 중요하단 말인가. 희대의 보물이긴 하지만 천보갑만으론 아무것도 아닌 것이다.
 악풍은 실소를 짓고 천보갑을 열기 위해 양손에 힘을 가했다.
 "으음……."
 간단히 열릴 것 같던 천보갑은 의외로 단단히 잠겨 있었다. 하지만 그는 그것이 더 마음에 들었다. 너무도 간단히 열린다면 어쩌면 맥이 빠졌을 것이다.
 "흐흐, 그렇지. 이렇게 쉽게 벌어질 것 같으면 천보갑이 아니겠지. 그럼 좋아."
 그는 이번엔 내공을 불어넣었다. 어줍잖게 3, 4성 정도의 공력을 기울이기엔 그의 마음이 뱉어낸 말과는 달리 다급했다. 그의 소맷자락이 부풀어 오르면서 전신의 공력이 다 쏟아졌다.
 파파파락.

"으으윽……."

소맷자락이 펄럭이는 소리가 동굴을 울리고 그의 입에서 가느다란 신음이 새어 나왔다.

하지만 그뿐이었다. 천보갑은 굳게 입을 다물고 열릴 생각조차 하지 않았다. 조개를 잡아 입을 벌리게 하려 할 때면 열릴 듯하면서 다시 닫히곤 하는데, 천보갑은 아예 벌려질 생각조차 없는 듯 꿈쩍도 하지 않았다. 그 정도의 공력이면 돌도 바스러질 힘이었는데 전혀 작은 틈조차 생기지 않은 것이다. 그는 자신이 힘을 다했다고 다짐할 수 있었다. 그런데도 아무 효과가 없는 것이다. 그는 더럭 겁이 났다. 이러다 영영 열지 못하는 것은 아닌가.

"으음……."

그는 스스로 겁이 나고 있다는 것을 인정하지 않겠다는 듯 짐짓 태연해지려 애썼다. 하지만 불길함을 예상하고 있는 듯 그의 손은 미세하게 떨리고 있었다. 그는 진실로 온 힘을 다했었던 것이다.

'좋아, 그렇다면 잘라주마.'

그는 천보갑을 땅에 내려놓고 칠강도를 꺼냈다. 날카로운 예기에 검기를 발휘한다면 베어내지 못할 것이 없었다. 이 도로 얼마나 많은 고수들을 죽이고 그들의 두터운 호신강기를 뚫었는지 모른다. 천보갑이 훼손되어 잘려 나갈 것이지만 그건 어쩔 수 없는 선택이었다.

'순순히 입을 벌리지 않은 탓이니 날 원망하진 말아라.'

"간다!"

쌔액—

그가 도를 휘두르자 도기가 아지랑이처럼 일어나더니 천보갑을 그어갔다. 그는 만족스러웠다. 그가 살인을 저지를 때, 가장 이상적인 공격이 이루어졌을 때 상대는 자신이 잘려진 줄도 모르고 있다가 몸을 움직였을 때 신체의 일부가 떨어져 나가는 것을 보고 경악에 차곤 했다. 그처럼 지금 천보갑도 모르고 있는 것이다. 이제 툭 하고 건드리기만 하면 천보갑은 맥없이 그 입을 벌리게 될 것이다.

"흐흐……."

그는 천보갑을 손으로 들고 가볍게 뜯어내 보았다.

"읍!"

그의 얼굴이 순간 시뻘겋게 변했다. 천보갑은 잘려 나간 곳이 어디에도 없었다. 작은 상처 자국조차 나지 않은 채 그대로였다.

그의 마음에 두려움이 밀려들었다. 그건 순수한 두려움이었다. 아끼는 대원들을 죽이고 혈곡을 등진 대모험을 감행했던 그가 아니던가. 그들의 핏값과 바꾸고 어쩌면 영원히 도망자가 될지도 모를 길을 선택한 그가 아니던가 말이다.

천보갑이 열리지 않는다.

꿈쩍도 하지 않는다.

너무도 태연히 천보갑은 그 자리에 있었다.

어쩌면 영영토록 그냥 저렇게 열리지 않을지도 모른다는 솔직한 두려움이 엄습했다. 등골이 오싹해지며 식은땀이 솟았다. 하지만 그는 인정하고 싶지 않았다. 인정하기엔 그가 저지른 일이 너무도 컸고 가능성은 더 있어 보였다.

"내가 이대로 물러설 것 같으냐!"

그는 마음에 몰려드는 두려움을 물리치려 크게 외쳤지만 동굴 안에

메아리치는 소리는 점점 작아지면서 그의 마음의 두려움을 돌려주었다. 그는 다시금 칠강도를 들고 미친 듯이 천보갑을 내려쳤다.

챙! 챙! 챙! 챙!

천보갑이 아니라 맨바닥을 치는 경우도 생길 만큼 그는 흥분하고 있었다. 그는 너무도 강한 적을 상대하는 것처럼 열심히 도를 휘둘렀다. 자칫 방심하면 적의 검이 목을 꿰뚫을지도 모른다고 생각하는 것만 같았다. 지금 이 순간 천보갑은 대단한 고수가 된 것만은 확실했다. 천보갑 안에 든 금환신공을 사이에 두고 애정 행각을 벌이다 결국 주먹다짐에 이어 칼부림이 나는 그런 삼각 관계처럼 보였다.

얼마나 내려쳤을까. 족히 백 회는 넘었으리라.

"헉헉헉헉……."

어지간한 동작에도 숨이 가쁘지 않을 악풍이었지만 워낙 흥분한 탓에 가쁜 숨을 몰아쉬었다.

그는 손에 들린 칠강도의 중간에 칼날이 살짝 먹어 들어간 것을 보았다. 천보갑을 훼손하기는커녕 도리어 기로 보호된 칠강도가 흠집이 난 것이다. 더 이상 손을 쓰는 것은 무의미한 일이었다.

그는 그렇게 한동안 망연자실해져 있었다.

길이 보이지 않았다. 그는 한동안 멍한 눈동자로 공간을 바라보며 주저앉아 있었다. 무슨 방법이 없는 것일까? 고민해 보았지만 쉽게 떠오르지 않았다. 강한 힘을 다해보았지만 도무지 열리지 않는 천보갑은 마치 오비원을 대하고 있는 듯했다.

'오비원과 싸운다면 난 이런 절망감에 사로잡히겠지.'

그런 생각이 들자 더욱 금환신공을 갖고 싶었다. 그의 열망은 배고픈 사람이 그림의 떡을 보며 안타까워하는 것과는 비교할 수 없는 것이었고 벌거벗은 미녀를 앞에 두고 사슬에 묶여 있는 사람의 욕정과도 비교할 수 없는 것이었다. 그보다 수천 배 수만 배는 더 간절했다. 온몸의 털이, 심지어 솜털까지도 다 빠져 버리고 모든 신경을 일시에 자극하는 것 같은 간절함이었다.

그때 무엇이 떠오른 건지 삽시간에 그의 얼굴에 화색이 돌았다.

"그래, 맞아! 화골산……."

하지만 그가 화골산의 '산' 자를 내뱉을 땐 이미 그의 얼굴은 다시 어두워져 있었다. 천보갑을 녹일 수 있을진 몰라도 순식간에 비급도 사라지게 될 것이 분명했다. 그것을 막을 힘이 없었던 것이다.

그는 다시금 한숨을 내쉬었다.

한동안 천보갑을 바라보며 머리를 굴렸다. 이렇게 답답해 보기는 처음이었다.

생각을 해야만 했다, 생각을.

그러다 문득 이런 상황이 그는 비참하게 느껴졌다. 그는 벌떡 일어나더니 천보갑을 마구 짓밟았다. 마구 모욕을 주고 싶었다. 그래야만 조금이라도 마음이 진정될 것만 같았다. 마음껏 밟아준 다음 그는 다시 멍하니 자리에 앉아 빈 공간만을 주시했다. 그러다 그의 머리에 문득 새로운 생각이 떠올랐다.

'어쩌면…….'

그가 떠올린 건 두 가지였다.

물과 불.

'그래, 물에 담가보는 거야. 그래도 안 되면 달궈보는 거지.'

어떤 것은 물에 약한 성질을 보일 수도 있는 것이다. 지나가는 나그네의 윗옷을 벗기는 데는 맹렬한 바람이 아니라 따사로이 비취는 햇살이 더 효과적일 수 있는 것처럼 천보갑을 여는 데는 느긋하게 물에 담그고서 기다리는 것인지도 몰랐다. 전혀 천보갑이 어떤 물질로 이루어졌는지는 짐작조차 할 수 없었지만 그것이 만약 용의 껍질로 이루어진 것이라고 한다면 어쩌면 가능성이 있을지도 몰랐다. 또 만일 그것이 안 된다면 불에 넣어도 봐야 했다. 아직 그에겐 두 가지의 희망이 남아 있는 셈이다. 그의 눈이 다시 활기를 찾았다.

그는 등산객이 다니지 않을 만한 시내로 이동해 그곳에 천보갑을 집어넣고 그 앞에 쪼그리고 앉아 초조하게 기다렸다. 어느덧 해가 저물어가고 있었고 그의 배는 약간의 출출함을 느꼈기에 그는 품에서 마른 고기를 꺼내 입 안에 우겨 넣고 초조함을 달래며 지켜봤다.

고작 일 식경(30분) 정도가 지날 시간이 되었고 마른 고기를 세 번 꺼내 먹을 정도의 시간이 지났지만 그에겐 서너 달 정도가 지난 것같이 길고 지루하게 느껴졌다. 왜 이렇게 시간이 늦게 간단 말인가. 어서 빨리 어둠이 임하고 새벽이 오고 다시 해가 솟기를 바랬다. 그는 적어도 하루 정도는 물에 담가둘 생각이었다. 왠지 중도에 건져 내면 부정 탈 것만 같았고 다시 처음부터 시작해야만 할 것 같았다. 이왕 하는 거 조금은 완벽을 기하고 싶었다.

그는 쪼그리고 앉았던 발을 편하게 하고 앉았다가 다시 쪼그렸다가를 반복하며 밤을 지새고 아침을 맞았다.

기분 좋은 아침이었다. 희망이 있고 기대를 품고 맞은 아침인 것이다. 그는 조심스럽게 혹시 부정이라도 타면 모든 것이 수포로 돌아가기라도 할 것처럼 살그머니 천보갑을 건져 냈다. 하지만 그는 그것을 잡는 순간, 즉 물 밖으로 꺼내기도 전에 헛짓거리를 했다는 것을 직감했다.

"제길……."

뭔가 말랑거리긴커녕 도리어 딱딱해져 있었다. 금강불괴를 이룬 고수가 한 차원 더 높은 경지로 올라가 버려 이젠 까마득히 높아져 버린 기분이었다. 정말 '제길'이었다.

아침 일찍 실망을 안겨준 천보갑에게 악풍은 불맛을 보여주었다. 마른나무를 모아 불을 지핀 악풍은 돼지를 잡아 꼬챙이에 끼워 굽듯 천보갑을 구웠다.

화르륵 타오를까 봐 그는 철저히 감시하는 눈빛으로 천보갑을 지켜보았다. 그렇게 세 시진(6시간)가량을 연속해서 나뭇가지를 모아다 달구었지만 천보갑은 아무런 변동도 없었다. 벌겋게 달구어진다든지 혹은 틈이 조금 벌어진다든지 타는 냄새가 난다든지 하는 따위의 변화는 없었다.

그는 너무나 화가나 불을 사방 군데로 발로 차버렸다. 천보갑도 땅바닥에 맥없이 떨어졌다.

"으아아악……!"

그는 미친 듯이 소리쳤다. 그에겐 더 이상 희망이 보이지 않는 듯했다. 그는 널브러진 불씨들이 다 꺼져 갈 때까지 꼼짝도 하지 않았다.

그러다가 그는 입술을 조금 움찔거리면서 무슨 말을 내뱉었다.

"……."

그것은 너무도 희미해 잘 알아듣기 힘든 말이었다. 그는 그 말을 똑같이 반복했다.

"백미마군……."

기관학의 대가이자 절친한 친구인 백미마군 황태의 이름을 읊조리고 있었다. 세상에 그가 아니면 어느 누구도 천보갑을 열지 못할 것이다.

하지만 그는 가장 절친한 친구인 황태를 만나러 간다는 것이 두려웠다.

그가 수하들을 죽였을 때 그들은 모두 의아해했고 분노했었다. 그들이 느꼈을 감정을 황태가 암수를 쓰지 않는 지금 이 순간에도 느껴졌다. 이제야 그것을 깨달을 수 있었다.

'어쩌면 나도 그들처럼 죽어갈지도…….'

하지만 선택의 여지는 없었다. 또다시 모험을 해보는 수밖에.

악풍이 발걸음을 백미마군에게 돌리게 될 즈음 혈곡에서 파견된 추적자들은 소혼미랑의 흔적을 찾아냈고 죽은 귀영대의 흔적도 찾아냈다. 그들은 놀랍게도 악풍이 예상했던 것보다 훨씬 뛰어난 추적 능력을 발휘하고 있었다.

11장
석태산의 백미정

석태산의 백미정

천보갑을 얻게 되면
세상은 새롭게 바뀌고
천지개벽이라도 날 줄 알았다.
하지만 여전히 아침 햇살은 눈부시게 비쳤고
저녁 황혼은 그 자태가 여전했다.
먹는 음식은 그대로였으며 숨 쉬기가 편해진 것도
결코 아니었다.
이런 젠장.
세상은 전혀 바뀌지 않았더란 말이다.
　　　　　　　　　—황태를 만나기 전 석양 앞에 선 악풍.

악풍이 이른 곳은 청해성과 감숙성의 경계에 자리한 석태산이었다.

그곳은 그가 그토록 염원하는, 즉 천보갑을 여는 일을 해결할 수 있는 사람이 있는 곳이었다.

백미마군 황태.

만일 그조차 열지 못한다면 그는 더 이상 어떤 희망도 품을 수 없을 것이다. 정말이지 백미마군 황태마저 고개를 살래살래 흔들게 된다면 악풍은 중원의 어느 은밀한 곳에 숨어 이젠 장식품의 하나가 되어버린 천보갑을 장식용 탁자에 올려놓고 하루 종일 바라보며 한숨을 내쉬게 될지도 몰랐다.

그건 솔직히 말해 너무도 끔찍스러운 일이었다. 그렇게 된다면 천보갑을 수중에 넣기 위해 죽인 소혼미랑과 스무 명의 귀영대원들의 원혼이 날마다 두렵게 느껴질 것이고 혈곡을 배반했던 것을—늘 불안에 떨어야 할 것이기에—후회하며 살게 될 것이 분명했다. 그래서 부디 어떻게든 황태는 천보갑을 열어주어야만 했다.

'자넬 믿어보는 수밖에.'

백미마군 황태라고 하면 강호에 어느 정도 식견이 있는 자라면 신중한 얼굴을 하고서 고개를 끄덕일 만한 이름이었다. 그는 기관학의 대가임과 동시에 서, 예, 화, 기 등 잡학에 능했다. 흔히 다재다능, 박학다식한 자라고 할 때 그는 첫손에 꼽히는 인물인 것이다.

그는 가히 천재라 할 수 있었지만 그가 천재인고로 보통 사람과 구별되는 점이 있었다. 그것은 그의 은둔자적 성향과 폐쇄적인 성격이었다. 그는 극도로 세상을 혐오해 강호를 드나들지 않았다.

하지만 그렇다고 해서 그가 아예 아무하고도 어울리지 않는 것은 아니었다. 그에겐 절친한 친구가 세 명이나 있었고 재능이 넘치는 젊은 제자를 두었으며 그가 머무는 백미정에는 다섯 명의 충실한 하인들이 있었다. 그는 이 정도에 만족했다.

악풍은 그 절친한 세 친구 중 하나에 속해 있었다.

단연코 악풍을 포함한 네 명의 친구는 혈육의 정을 나눈 형제보다 더 가깝다고 할 만했다. 서로에겐 어떤 비밀도 없었고 어떤 어려움도 발 벗고 나서줄 만했으며 수천의 적군을 맞설 때 함께 칼을 들어줄 친구였다.

그러나 지금에 와서—정확히는 천보갑을 수중에 넣은 후—악풍에게 '정말 그러한가?'라고 묻는다면 악풍은 입술을 굳게 다물고 아무런 말도 하지 못할 것이 분명했다.

그는 소혼미랑이 10년 가까이 살을 맞대고 살았던 남편 맹공효를 살해한 것을 알고 있었고 자신의 손으로 제자나 다름없는 스무 명의 부하들을 죽인 것을 생생히 기억하고 있었기 때문이다. 이제 천보갑 앞에서 세상의 그 누구도 믿을 수가 없는 것이다.

맹공효가 죽을 때 느꼈을 그 허망함과 배신감을, 귀영대가 자신을 바라보며 믿을 수 없다는 듯 경악성을 터뜨렸던 그 신음 소리를 이젠 자신이 느끼고 내뱉을 수도 있는 것이다.

차례로 따지자면 세 번째 희생자가 될 수 있었다. 결코 어느 누구도 믿을 수 없었다. 아무리 황태가 세상의 은둔자로서 무공 비급을 '그가 짓 것들'이라고 말해 왔다 할지라도 방심해선 안 된다고 생각했다.

무공으로 따지자면 황태는 악풍의 상대가 되질 않았다. 적어도 악풍은 황태 같은 고수가 세 명 정도쯤은 동시에 맞서야만 평수를 이룰 것이다.

하지만 그런 판단이 적합한 것이 아니라는 것을 악풍은 잘 알고 있었기에 마음을 놓을 수가 없었다. 어디까지나 그건 그의 거처인 백미정 밖에서의 경우일 뿐 백미정 내부에서는 완전히 다른 것이었다.

기관학의 대가라는 말이 전혀 무색하지 않을 만큼 백미정 내부는 모든 것이 살아 움직인다고 봐야 했다.

건축물의 작은 장식 하나에까지 천재의 손길이 닿아 있어 그것이 어떤 식으로 움직일지 모르는 것이다. 아니, 거기에서 자라는 나무와 꽃, 심지어 먼지 한 톨까지도 의미를 지니고 있다고 봐야 했다.

한마디로 백미정 내부에서 황태는 천하무적이라 할 만했다. 악풍이 은근히 두려워하는 데는 그저 노파심 때문이 아니라 실제로 눈으로 목격한 적이 있었기 때문이다.

그때가 삼 년 전의 일이었다. 1년에 한 차례씩 네 친구는 모임을 가졌는데 그때 침입자가 있었고 그들의 끔찍스런 죽음을 확인했던 것이다. 장풍이나 몸을 움직이는 따위의 공격이 아니었다. 그가 살짝 발을 구르거나 벽의 어느 지점을 누르는 것만으로 살상 무기들이 소나비처럼 쏟아졌고 진세가 발동했으며 그 진 안에서는 처참한 죽음이 임했다.

어찌 보면 황태를 찾은 것은 도박이며 모험이었다. 하지만 어쩌겠는가. 선택의 여지가 없는 것을 말이다.

그나마 악풍이 조금 안심을 하는 부분은 천보갑에 대한 열정도 열정이지만 황태가 지난날 했던 말 때문이었다.

"난 말야, 천보갑에 어떤 것이 들어 있어도 그런 것에는 관심도 없어. 아마 사람들은 여러 가지 생각들을 하겠지만 그런 것들은 내겐 아무 중요한 문제도 아니란 말이네. 오직 내 관심사는 '천보갑' 일 뿐이지. 하지만 오해는 마. 껍질을 좋아한다는 것은 어디까지나 천보갑에 해당하는 것이지, 과일 껍질이나 고기 껍질 같은 것을 좋아하진 않으니까 말야. 알겠나? 하하하하!"

 황태는 자신의 삶이 누군가로부터 간섭받는 걸 싫어했기에 다른 사람의 삶에도 간섭하는 것을 좋아하지 않았다. 그렇기에 그가 연구해 보고 싶었던 천보갑에 대한 것도 마음뿐 천선부에 찾아가 요구하거나 뺏어올 생각 따윈 없었다.
 하지만 누군가가 가져다 준다면, 그것이 더 더욱 세 친구 중 한 명이라면 그는 기꺼이 하늘의 뜻으로 간주하고 기쁘게 받을 것이 분명했다. 악풍이 기대하는 것은 그가 말한 대로 천보갑에만 오로지 관심을 가져주었으면 하는 점인 것이다.
 악풍은 석태산의 동북쪽에 위치한 가파른 숲길을 지나 운무가 자욱한 곳을 뚫고 백미정 앞에 이르렀다. 눈앞에 평범한 숲길이 나타났지만 그는 이것이 화혼난심진(華混亂心陣)의 환상이라는 것을 잘 알고 있었다.
 이 진법을 모르는 사람이라면 분명 자신은 정상적으로 발길을 옮겨 전진한다고 생각하지만 자신도 모르게 엉뚱한 길로 접어들어 결국 백미정을 빙 둘러 가게 되는 것이다. 그러니 보통 사람에게 석태산에는 백미정이 없는 것이나 다름없었다.
 악풍은 진의 생문을 찾아 서서히 진행했다. 진을 지날 때는 미세한 차이가 큰 오차를 만들어낸다는 것을 알고 있는 그였기에 황태가 알려준 방법을 떠올리며 한 발 한 발 진행해 갔다.

그렇게 중간 정도를 지났을 때 악풍은 걸음을 멈추고 잠시 고민에 잠겼다.

'과연 내가 제대로 판단한 것일까? 황태를 믿을 수 있냔 말이다.'

그는 인간 본연의 욕망에 대해 자기 자신에게마저 신뢰가 무너진 상태였기에 좀체 판단이 서질 않았다.

'하지만 달리 방법이 없잖은가. 제길.'

이번에는 걸음을 멈추고 갈등했지만 진을 지나면서, 진이 더욱 훌륭하다는 것을 느껴가면서 그의 갈등은 더욱 심해졌다.

화혼난심진의 생문을 복잡한 과정을 거쳐 통과하자 익히 잘 알고 있는 하인 둘이 달려오는 모습이 보였다. 아무리 생문을 거쳐 왔다 해도 고도의 능력을 지닌 침입자일 가능성도 배제할 수 없었기에 경고가 울리도록 장치되어 있었던 것이다.

그들은 동일한 보라색 복장에 비슷한 체형, 그리고 40대 초반의 평범하기 그지없는 얼굴을 하고 있어 악풍은 언제나 볼 때마다 쌍둥이가 아닐까라는 생각을 하곤 했다.

쌍둥이가 아닌 쌍둥이 하인들은 상대가 악풍인 것을 알아보고 허리를 깊숙이 숙여 인사를 올렸다.

"악 나으리께서 오셨군요. 주인님께서 무척이나 기뻐하실 겁니다."

"어서 안으로 드시지요."

그렇게 말하고 한 명은 쏜살같이 소식을 전하러 갔고 또 한 명은 악풍보다 한 걸음 앞선 곁에서 조심스럽게 그를 인도했다. 먼저 간 하인의 방향으로 보건대 황태는 필시 연무장에서 제자를 가르치고 있는 것이 분명했다. 그가 알고 있기로 황태는 제자를 가르치는 데 꽤나 정열적이었다.

사랑채로 들어가 자리를 잡고 있은 지 얼마 되지 않아 황태가 들어왔다.

"어이구, 이게 누구란 말인가. 이 먼 길까지 어찌 왔나?"

오른쪽 눈썹이 괴이하게도 온통 하얗게 된, 그래서 별호가 백미마군이라고 붙게 된 황태가 반가운 낯으로 반겼다. 누군가가 그를 멀리서 본다면 한쪽 눈썹이 없는 것으로 생각할 것이다. 하지만 가까이 이르러 바라보면 그의 하얀 눈썹은 묘한 기운을 내뿜고 있었다. 거기엔 고집스러움이 잔뜩 묻어 있었고 나는 세상과는 다르다라고 외치고 있는 듯 보였다.

"하하하, 잘 지냈나?"

악풍은 애써 반가운 표정을 지으며 자연스럽게 행동하려 했지만 워낙 신중하게 생각하고 들어온 까닭에 어색한 기운이 안면 근육들 사이에서 뻗어 나왔고 기묘한 마음의 변화가 눈빛에 조금 투영되었다.

천재적인 감성을 지닌 황태가 그것을 느끼지 못할 리 만무했다.

"으음… 문제가 있군, 문제가 있어."

그는 약간은 과장된 표정으로 고개를 살래살래 저으며 의자에 앉아 탁자 위로 손을 올려놓았다.

"문제가 있단 말씀이야."

악풍은 친구가 편하게 대해주자 조금 어색함이 누그러졌다. 왠지 친구를 의심한 자신이 부끄럽게 여겨지기까지 했다.

"하하, 이 친구, 오랜만에 만난 친구에게 무슨 소린가."

"세상천지에 수많은 사람을 속일 수 있을지 몰라도 이 황 나으리를 속일 순 없지. 아무렴. 자, 무슨 고민거리가 있는지 속 시원하게 털어놔 보게나. 우리 사이에 하지 못할 이야기가 뭐가 있냔 말이네."

석태산의 백미정 147

그때 하인 하나가 차를 내와 탁자 위에 조심스럽게 올려놓았다. 하인이 나간 후 황태는 오른발을 세 번 굴렀다. 그리 크거나 작지 않은 적당한 소리가 터져 나오고 순식간에 사랑방의 문들이 위에서 내려오거나 옆에서 닫히든지 자동으로 철커덕거리며 잠겼다.

악풍의 얼굴이 긴장감으로 물들었다.

'벌써 소문이 난 것인가? 이런 제길.'

하지만 황태는 태연하기 그지없었다.

"자, 이제 우리 둘만의 비밀스런 이야기를 해보자구. 그래, 자네의 고민거리가 뭔가. 우리 사이에 빙빙 돌려서 이야기할 게 뭐가 있겠나."

황태는 말은 편하게 했지만 이번 방문은 심각한 문제라 짐작했다. 악풍은 성격이 꼼꼼한 사람이었다. 섣불리 원수를 맺거나 행동하지 않는다. 즉, 괜히 하릴없이 긴장된 표정 따위를 짓지는 않는 것이다.

"여자라도 생긴 거야? 아니면 어떤 추하게 생긴 여자가 지겹게 따라다니는데 너무 무공이 강해 떼놓을 수가 없는 건가? 어때, 이야기 좀 해보라구. 그것도 아니라면 혈곡 내에서 무슨 문제라도 생긴 것인가? 그럼 까짓 혈곡을 나오면 그만 아닌가. 자네가 숨겠다고 마음먹으면 어떤 놈이 겁없이 이곳을 찾아오겠나? 정 안 된다면 나와 함께 여기에서 지내면 되지. 그놈들이 제아무리 날고 긴다 해도 이곳에서 설치진 못할 테니 말이야."

그의 말은 정감이 가득 배어 있어 절로 악풍은 긴장이 풀렸다. 악풍은 친구를 한번 믿어보기로 했다.

"자네, 예전부터 갖고 싶은 것이 있다고 했었지?"

정색을 하며 진지하게 말하는데도 황태는 대수롭지 않다는 듯 실실

거렸다. 그것이 불안해하는, 무언가에 쫓기는 친구를 위한 배려라고 생각했다.

"그렇지. 근데 가지고 싶은 게 한두 개가 아니잖는가?"

"놀라지 말게."

약간 뜸을 들인 후 악풍이 말을 이었다.

"…천보갑이 내게 있네."

천보갑이라는 단어의 위력은 실로 대단한 것이었다. 심각하면 얼마나 심각하겠냐는 투로 응대하던 황태의 얼굴이 악풍보다 더 심각해졌다.

"저, 정말인가? 정말 천보갑이란 말인가?"

과거부터 황태는 천보갑을 얻는 것이 소원이었다. 그에게 있어 천보갑 내부에 무엇이 들어 있는가는 전혀 중요한 문제가 아니었다. 오로지 그의 호기심은 천보갑을 원하고 있을 뿐이다. 세상에 그 어떤 강력한 비급이라 할지라도 그에겐 보잘것없는 휴지 조각에 불과했다. 그의 보물은 천보갑 자체였던 것이다.

그는 신기한 물건을 좋아했지만 그중의 으뜸은 단연 천보갑이었다. 천보갑에 대한 전설은 어쩌면 전설로만 그치는 것이 아닌가라는 생각도 해보았다.

용의 가죽을 얻어 백 년을 특수하게 연단하고, 한 번 잠그면 누구라도 절대 열 수 없는 것이 바로 천보갑이라고 했다.

'만약에 천보갑이 사실이라면 난 도전해 보고 싶다.'

하지만 그것은 엄연히 천선부의 소유였다. 그는 천보갑에 대한 열망이 들끓어도 구걸하듯 천보갑을 구경할 수 있겠냐고 말할 마음은 추호도 없었다.

그런데 지금 전혀 뜻밖에도 친구가 천보갑을 가져왔다는 것이다. 그것이 어떤 경로로 친구의 수중에 들어갔는지 따위는 중요한 게 아니었다. 시시비비를 따져 가며 '당장 돌려주고 오게나' 따위의 말을 할 백미마군이 아니었다.

처음 보았을 때부터 심상치 않은 모습을 보이지 않았던가.

'분명 그저 해보는 말이 아닐 것이다. 이건 진짜다!'

황태가 악풍을 또렷이 바라보자 악풍이 한숨을 내쉬며 말했다.

"굳이 어떻게 얻게 되었는지는 말하지 않겠네. 그래도 되겠지?"

황태가 고개를 세 번 끄덕였다.

"하지만 어쨌든 난 자네 말대로 혈곡에 다시 돌아갈 수 없게 되었네. 내 남은 인생에 있어 희망은 오로지 그 안에 들어 있는 물건이란 말이네."

"그럼 당연히 금환신공이겠군?"

황태의 눈이 반짝 하고 빛을 발했다.

"그렇지."

"좋아, 그럼 자네가 원하는 것이 무엇인지 알겠네. 나는 천보갑을 갖고 자넨 금환신공을 갖는다."

"그래."

"일단 천보갑을 보기 전에 두 가지만 약속한다면 내 혼신의 힘을 다 기울여 보겠네. 하지만 자네가 그 약속을 지키지 못할 것이라면 지금 당장 이곳을 떠나게. 난 자네를 보지 못한 것으로 할 테니까 말일세."

"들어봄세."

황태가 신중한 어조로 입을 열기 시작했다.

"첫째, 자네에게 이야기한 적이 있지만 진심으로 나는 이 안에 무엇이 들어 있든 내게 중요한 것은 아니네. 금환신공이 아니라 금환신공보다 백배 뛰어난 비급이 있어도 중요하지 않단 말일세. 하지만 안에 있는 것이 보잘것없다고 해도 내게 천보갑을 넘기라는 거네. 지킬 수 있겠나?"

그건 원래부터 마음먹고 있던 것이라 어려울 것이 없었다.

"좋아."

"두 번째는 천보갑을 열고 나서의 일이네. 자네와 나는 서로를 믿어야만 해. 이 문제는 간단하질 않아. 자네는 이렇게 생각할 수도 있지. '들어갈 때 마음과 나올 때 마음이 달라질 것이다. 막상 금환신공을 보게 된다면 필시 나를 해하려 들 것이다. 그러기 전에 내가 먼저 손을 써야만 해' 라고 말이네. 자칫 우리 두 사람은 죽거나 그에 상응하는 피해를 입을 수도 있단 말이지. 아무리 천보갑이 대단하고 금환신공이 천하제일 신공이라 알려졌지만 그건 어디까지나 생명이 붙어 있을 때의 일이지 않겠나."

이미 황태는 악풍의 몸에 피 냄새가 진득하게 묻어 있음을 파악하고 있었다. 어떤 원인에서든 천보갑을 얻기 위해 살인을 자행했을 것이라는 것을 눈치 챘다. 그렇기에 미리 모든 것을 터놓고 약속을 받아놓고자 함이었다.

"이것만 지켜준다면 난 당장에 천보갑을 여는 데 힘을 기울이겠네. 하지만 그럴 자신이 없다면 그냥 지금 이곳을 떠나게. 그리고 나중에 따로 천보갑을 열어 무공을 익힌 후 편하게 예전처럼 내게로 오면 되네."

황태의 진지한 말에 악풍이 고개를 끄덕였다. 이곳에서 황태는 전

지전능이었다. 백 번이면 백 번 모두 피해를 입는 건 자신일 것이 분명한 것이다. 그렇기에 그의 말은 자신이 하고 싶었던 말을 대신해 주는 듯 시원스럽기까지 했다.
"약속하겠네."
"좋아."
두 사람은 손을 마주 잡고 의기를 다졌다. 서로의 눈을 똑바로 쳐다보며 약속을 맺었다. 믿음은 시작된 셈이다.
"하지만 이것은 알아두게."
"……?"
"나는 내가 열 수 있다는 보장은 못해. 그러니 자넨 조금 인내심을 가지고 기다리는 것이 좋을 거네."

첫날은 일단 마음의 준비를 하는 셈치고 두 사람은 가볍게 환담을 나누었다. 그리고 이틀째가 되어 황태는 본격적으로 천보갑을 여는 데 힘을 쏟았다.
황태는 전문적인 작업이 필요할 때는 늘 백마동(白魔洞)을 이용했다. 그곳은 매우 은밀하고 수많은 기관 장치가 손끝 하나로 조종될 수 있을 만큼 정교하게 설치된 곳이었다.
천보갑을 여는 문제에 있어 황태는 홀로 백마동에 들어가려 했지만 다시 한 번 생각해 본 후 악풍과 함께 들어가기로 했다. 괜한 오해를 살 수 있을 소지가 있었던 것이다. 비급을 빼돌린다든지 혹은 몰래 천보갑을 들고 또 다른 출구로 도망칠 수도 있다는 의심이 들 것 같았다.
'좋은 게 좋은 거지.'

그는 악풍과 함께 백마동에 있는 다섯 군데 연구실 중 연혼실(鍊魂室)로 들어갔다. 악풍으로서도 이곳 백마동은 처음 들어가는 곳이었다. 걸음을 옮기며 동혈을 살피니 좌우, 그리고 천장 쪽으로 야명주가 알알이 박혀 있었는데 악풍은 그저 신비로움에 빠져 눈이 휘둥그레졌다.

연혼실의 문을 열고 안으로 들어가자 그곳엔 온갖 잡다한 기구들이 질서 정연하게 놓여 있었다. 커다란 직사각형의 탁자 위에 천보갑을 내려놓은 후 드디어 연구는 시작되었다.

연혼실 내부에는 굳이 밖으로 나가지 않아도 충분할 정도의 시설이 갖추어져 있었다. 단지 식사만은 직접 해 먹을 수 없는 까닭에 황태의 유일한 제자인 구세경이 식사를 날라주었다.

구세경은 이제 23살의 나이로 고아로 떠돌다가 우연히 백미마군 황태의 눈에 띄어 제자로 받아들여진 터였다. 구세경의 얼굴은 순박한 청년의 모습을 띠고 있었는데 그 얼굴 사이사이로 고집스러움이 조금씩 표출되곤 했다. 황태가 구세경을 거둬들인 데는 뛰어난 자질과 마음에 자리한 고집스러움을 높이 샀기 때문이었다.

그가 강호를 눈 아래 내려다보듯이 자신의 제자 또한 그렇게 되길 바랬다. 세상에 초연해질 수 있는 사람 말이다.

"자네 제자에겐 말하지 않는 게 좋지 않겠나?"

악풍으로서는 한 사람이라도 더 천보갑에 대해 모르길 바랬다. 아는 순간 알고 있다는 이유만으로 죽임을 당할 수 있는 것이 천보갑이었다.

"허허, 걱정 말게. 그 녀석은 나와 너무 닮아 있어서 헛된 마음 따윈 품질 않는다네."

워낙에 자신있게 말하는지라 악풍은 더 이상 뭐라고 말할 수가 없었다.

'하긴 천보갑이 워낙 대단한 것이니 우리가 이곳에 있는 동안 침입자가 없으란 법도 없겠지. 그런 점에서 알려주는 것도 방비하는 데 도움이 될 거야.'

구세경은 하루 세 끼 식사를 배달한 후에는 늘 백마동 부근에서 긴장을 풀지 않고 경계를 섰다. 만약 무슨 일이 발생한다면 미리부터 진을 발동시켜야 했다.

천보갑을 열기 위해 노력하며 닷새째가 되었다.

그날도 황태와 악풍은 온 신경을 기울여 천보갑을 여는 데 열중했다.

"뭔가 될 듯 말 듯하면서 자꾸만 튕겨져 나오는군."

황태로서는 수만 가지 기법을 통해 천보갑을 열어보려 했지만 그리 뜻대로 되지 않았다.

"이것이 전설 속의 용의 가죽으로 만들어진 것이라면 아마 이것을 열 수 있는 것도 용의 몸에서 나온 것일 거네. 참 난해하군."

말만 들어보면 거의 포기할 것처럼 보였지만 황태의 손놀림은 더욱 의욕적으로 움직였다.

"이 천보갑이 죽은 오비원의 넷째 아들에게 전해질 것이라고 했던가?"

황태의 물음에 악풍이 고개를 끄덕였다.

"내가 알기론 확실하네."

"그렇다면 그에게 열쇠가 있는 것이 확실하겠군."

"그렇지. 하지만 곤륜산 부근에 있다는 것만 알 뿐 자세한 것은 전혀 알지 못한다네."

"훗, 그럴 바에야 내 한 달간 심혈을 기울이는 게 낫겠지."

황태는 나름대로 자신감이 있어 보였다.

그때 발자국 소리가 서서히 다가오는 것이 느껴졌다. 보폭이라든지 발소리로 미루어보아 구세경이 확실했다.

'벌써 식사 시간이 되었나?'

두 사람은 가끔 너무 푹 빠져 있어 늘 일도 하지 않고 밥만 먹는 것 같았다.

"식사를 가져왔습니다."

"그래, 수고가 많다."

굳게 닫힌 철문은 위로 창살이 있어 서로의 얼굴을 볼 수 있게 되어 있었고 아래쪽으로는 밀면 젖혀지는 작은 공간을 만들어 그곳으로 두 개의 식판을 밀어 넣었다. 연구에 몰두할 때 두 사람은 철문을 굳게 닫아놓았는데 밖에서는 열 수 없고 안에서 열고 나갈 수 있도록 설계된 터였다.

"수고랄 게 있겠습니까? 두 분의 노고에 비하자면 전 아무것도 아닙니다."

황태는 오늘따라 유독 제자가 쓸데없는 소리를 늘어놓는다 생각했다. 그런 판에 박힌 겸양의 말은 그가 제일 싫어하던 것이 아니던가.

"그래, 어서 가보도록 해라."

"네, 사부님도 안녕히 가십시오."

느닷없는 궤변에 황태는 불길한 느낌을 받았다. 황태는 황급히 철문을 열기 위해 벽의 모서리를 강타했다.

"하하하, 이미 사부의 기관 장치는 내가 다 멈춰놓았다오. 이젠 그냥 알아서 죽기만 하면 되는 것이오."

"네놈이 어찌 이런 짓을 자행한단 말이냐!"

구세경은 응대하지 않고 벽의 한 부분을 눌렀다. 그러자 연혼실의 천장으로부터 뿌연 독무가 새어 나왔다. 그런 것이 있다고는 황태조차도 알고 있지 못했던 것이다. 당황한 것은 황태뿐만이 아니었다. 악풍은 일순 노기를 발해 황태를 다그쳤다.

"네놈들이 무슨 간계를 꾸미고 있는 것이렷다!"

그는 손을 들어 당장에 황태를 쳐 죽일 심산으로 들끓었다. 친구고 뭣이고가 없었다. 그저 배신감만이 가슴 가득 차 올랐다.

"어서 탈출구를 열어라!"

황태는 얼굴이 사색이 되어 독무를 마시지 않기 위해 호흡을 참고 급히 비밀 통로를 열었다. 그곳은 제자에게도 알리지 않았던 곳이었다.

"도망가 보시겠다? 하하하……!"

어디를 어떻게 눌렀는지 연혼실의 내부 밑바닥에서 날카로운 창이 솟아올랐다. 그것은 정확히 황태가 있었던 자리를 뚫고 나와 그만 황태는 꼬챙이에 꿰이듯이 꽂혀 그 자리에서 즉사하고 말았다. 악풍은 그제야 순전히 제자 놈의 소행이라 여기고 천보갑을 품에 갈무리하고서 열려진 비밀 통로로 빠져나갔다.

그의 손에는 어느새 칠강도가 들려 있었다. 아무리 은밀한 통로라 할지라도 결코 방심해선 안 된다는 것을 누구보다 잘 알고 있는 그였다.

"이봐, 그쪽으로 가봐야 아무 소용 없다네."

얼굴은 볼 수 없었지만 구세경이 비릿한 미소를 지으며 말하고 있을 것이 상상되자 악풍은 치를 떨었다. 만일 황태에게 배신을 당했다면 그나마 이 정도의 충격은 아니었을 것이다. 순진해 보이던, 황태가 지극히 아끼던 제자의 소행이라니… 세상 그 누구도 믿을 수가 없었다.

악풍이 막 비밀 통로로 빠져나갈 때 발의 압력에 따라 암기가 쏟아지는 자동 장치가 가동되었다. 발의 압력이 적을수록 더욱 많은 암기를 뿜어내도록 되어 있었다.

원래 이 비밀 통로에 기관을 장착한 것은 오래전부터 사부를 죽일 요량으로 만들었었다. 사부 황태는 자신만의 비밀 통로라고 알고 있었지만 사실은 이미 구세경에게 파악되었던 것이다. 사부를 죽인 것은 물론이고 뜻하지 않게 천보갑까지 얻게 된 것이니 구세경으로서는 펄쩍 뛰며 환호를 지를 만한 일이었다.

슈슈슉―

마치 수평으로 비가 내리듯 암기들이 쏟아졌다. 그의 경신술이 거의 독보적인지라 암기의 수효는 형용하기 힘들 지경이었다. 보나마나 암기 끝에는 독극물이 발라져 있을 것이 분명했다.

'이런 제길! 지독한 놈이로군.'

그는 신형을 급격히 이동해 앞으로 나아가 암기를 피했다. 강호의 경험이 풍부한 자라면 암기를 피한 그 이후가 매우 중요한 순간이라는 것을 잘 알고 있을 터였고 악풍은 충분히 그걸 예상했다.

타타타당!

암기가 양쪽 벽에 맞아 불꽃을 튀겼다. 그가 암기를 피해 앞으로 쭉 뻗어 발길을 대자 순식간에 바닥이 푹 꺼졌다. 하지만 그는 지면에 닿자마자 지면이 푹 꺼지는 것을 느꼈다.

석태산의 백미정

'이것이었군.'

필시 그대로 떨어지면 밑에는 수많은 철창들이 날을 세우고 기다릴 것이 뻔했다.

그는 푹 꺼져 가는 땅을 살짝 딛는 것만으로 반발력을 만들어 공중으로 솟아올랐다. 이제 벽을 차고 다시 앞으로 나아간다면 큰 문제가 없을 터였다.

그때였다.

치이이잉…….

쇠 갈리는 소리가 거침없이 나며 그가 솟아올랐던 지점의 동굴 벽에서 철륜(鐵輪)이 빠른 속도로 회전하며 튀어나왔다.

"헉!"

그것이 그가 내뱉은 마지막 말이었다. 그의 목을 철륜이 빠르게 회전하며 잘라 버렸다. 잘려진 목이 땅 위를 뒹굴면서 두 다리가 허물어졌다. 아직까지 미세한 감각을 지닌 그의 머리가 마지막으로 의식을 토해냈다.

'미안하다, 귀영대들이여… 그리고 나의 친구어…….'

얼마 후 구세경이 그 비밀 통로의 기관을 해제하고 악풍의 품에서 천보갑을 꺼내 들었다. 그의 눈은 광기로 물들었다.

"으하하하하! 이제 나는 강호로 간다!"

12장
묘진의 보고

묘진의 보고

내가 개방에 머물 수밖에 없는
이유가 있어.
언뜻 보기엔 가장 보잘것없어 보이지만
이들이야말로 진짜 사나이들이기 때문이지.
말 그대로 멋진 사나이들.

—표가장에 온 묘진

묘진이 천보갑에 대한 보고를 하기 위해 표가장에 이르게 되었을 때 천보갑의 이동 방향을 따져 보자면 악풍이 백미정을 향하고 있던 시기라 할 수 있었다.

강호에 큰일이 없을 때의 표영은 일단 표가장에 머무르며 시간을 보냈다. 이때 표영은 두 가지 일에 푹 빠져 있었는데 첫째는 아들 은

(恩)과 열심히 대화를 나누는 것이었고 또 하나는 제자 혁성에게 견왕지로를 전수하는 것이었다.

은은 이제 막 첫 번째 생일을 지나 아장아장 걸음을 떼고 웅얼웅얼거리며 알아듣지 못할 말을 하는 시기였다.

"아바바… 아바바… 무어야?"

타구봉을 가리키면서 정확하게는 '아빠, 이건 뭐야?' 정도가 될 말을 하자 표영이 타구봉을 건네며 말했다.

"응, 이건 타구봉이란다. 자, 아빨 따라 해보렴. 타구봉."

"타아아… 까르르르~"

"허허, 타아아가 아니라 타구봉이래두."

은은 타구봉을 쥐고 마구 휘두르며 좋아했다. 타구봉은 매우 가벼웠기에 은이 양손으로 쥐고 흔들 수 있었다.

"야야… 야아아아……."

"어이쿠, 아빠 살려~ 살려주떼여~"

표영은 그 앞에서 맞는 시늉을 해가며 데굴데굴 구르느라 정신이 없었다.

이렇게 표영은 아들 은과 놀며 새롭게 말을 가르치는 재미에 푹 빠졌고 틈틈이 제자 혁성에게 견왕지로를 전수했다.

묘진이 표가장에 이르게 되었을 때 혁성은 견왕지로의 2단계 과정인 견치지겁을 수련하고 있었다. 가히 개방 방주가 되기 위해 태어난 것이라고 해도 과언이 아닌 표영에 비하자면 뒤처지는 성취였지만 혁성도 나름대로 빠른 진전을 보이고 있는 것이라 할 수 있었다.

묘진이 표가장에 들어선 후 황당함에 빠진 것은 한쪽 귀퉁이에 마련된 개 우리를 보았기 때문이었다. 그 개 우리는 아무리 봐도 정상이 아니었다. 호랑이 대여섯 마리는 한꺼번에 넣을 수 있을 만큼 우리가 컸기 때문만은 결코 아니었다. 그로선 그 안에서 벌어지고 있는 광경이 도무지 믿을 수가 없었던 것이다.

'저기 누워 있는 사람은 방주님의 애제자가 아니던가?'

개 우리 안에는 총 다섯 마리의 개가 들어가 있고 그 중앙에 놀랍게도 혁성이 드러누워 있었다. 그것만이라면 어느 정도 황당함에 적응해 가는 묘진인지라 그리 놀라진 않았을 것이다. 그가 놀란 것은 혁성의 온몸을 다섯 마리의 개가 꽉 물고 있는 광경 때문이었다. 혁성의 다리와 팔, 그리고 허벅지, 옆구리를 개가 문 채 연신 씩씩거리고 있는 중이었다.

'허허, 거참……'

그것만이 아니었다. 개들이 이빨을 드러내며 씩씩대고 있는 데도 불구하고 혁성은 코까지 드르릉 골며 깊이 잠들어 있다는 것이었다.

'진짜 안 아플까?'

개방 방주의 수제자라는 것은 참으로 곤욕스러운 자리임에 틀림없다고 그는 생각했다. 만일 아주 보기 싫은 놈이 있다면 방주의 제자가 되게 하는 것이 가장 큰 복수일지 모른다는 생각도 들었다.

만일 여기까지가 전부라면 괴이하고 기이한 일이라 여겼을 것이지만 그것이 전부가 아니었다. 첫 번째 놀란 것이 개 우리 안의 풍경이었다면 두 번째 놀란 것은 개 우리 곁에서였다.

우리 앞에서는 진지한 얼굴의 두 장로, 즉 능파와 능혼이 쪼그리고 앉아 뭔가 심도있는 대화를 나누고 있었고 그 옆에는 묘진도 익히 알고 있는 커다란 덩치의 환등이 진백이 허리를 꼿꼿이 세운 채 우리 안을 들여다보고 있었다. 묘진은 가까이 다가가 옆에 서서 인사를 올렸다.

"묘진이 두 장로님을 뵙습니다."

묘진이 다가와 인사를 올리자 능파와 능혼이 일제히 검지손가락을 입에 대고 조용히 하라는 신호를 보냈다.

"쉬잇~"

"쉬잇~"

묘진은 엉겁결에 자신도 검지손가락을 입에 대고 고개를 약간 숙인 채 어눌한 자세를 취했다. 자신이 생각해도 바보 같은 모습이라 황당하기 그지없었다.

"자자, 이리 와서 앉아."

"아, 네네……."

묘진은 능파의 곁에 쪼그리고 앉았다. 이제 한 명이 더 늘어나 왼쪽부터 진백, 능혼, 능파, 묘진 순서로 나란히 줄을 맞춰 쪼그리고 있게 되었다.

"이런 질문 해도 될지 모르겠습니다만 무얼 하고 계시던 중인 겁니까?"

묘진이 두 사람을 따라 한참 동안 개 우리를 지켜보다가 궁금함을 참지 못하고 조그만 목소리로 물었다.

능파가 작은 소리로 답해주었다.

"으음… 저기 거품을 흘리고 있는 두 녀석이 보이지?"

능파의 말에 묘진이 두 눈에 힘을 주고 바라보며 말했다.

"네, 저기 저 두 놈 말씀이시죠?"

"그래, 맞아, 저기 두 놈. 저 두 놈이 어제부터 침을 흘리면서 거품을 내더란 말씀이야."

"네? 거품이요?"

"그래, 거품. 그래서 혹시나 광견병에 걸린 녀석들은 아닌지 파악하고 있는 중이지."

능파의 말에 묘진이 놀랄 사이도 없이 능혼이 말을 보탰다.

"사실 광견병에 걸린 개에게 물리게 되면 2단계 견치지겁은 한 달 정도 단축되도록 되어 있단 말씀이야. 이건 아주 대단한 행운이지."

두 사람이 말하는 동안 진백은 여전히 과묵하게 개 우리 안을 들여다볼 뿐이었다.

묘진의 얼굴이 참혹하게 일그러졌다.

'이런… 말도 안 되는……'

그로선 이건 해도 해도 너무한 것이었다. 어찌 이런 말도 안 되는 말을 정상인 것처럼 태연히 내뱉는단 말인가. 이젠 개방의 전설이 되어버린 두 장로가 아닌 다른 사람이 이런 말을 했다면 진작 패 죽여 버렸을지도 몰랐다.

능파가 의아하다는 듯 물었다.

"왜 그래? 어디 아프냐?"

능혼도 걱정해 주었다.

"얼굴이 좋지 않은데?"

묘진은 애써 안색을 평온히 하고 미소를 지어 보였다.

"아프긴요… 하핫… 그럼 저는 방주님께 보고드릴 게 있어 안으로 들어가 보겠습니다."

"어, 그래."

"조금 있다가 보자구."

자리에서 일어서는 묘진을 향해 능파와 능혼이 손을 들어주었고 진백도 고개를 돌려 과묵하게 살짝 고개를 끄덕였다. 묘진은 가면서 힐끔 우리 안에 들어가 있는 혁성을 바라보았다. 개에게 얼마나 많이 물렸는지 온몸이 상처로 가득했다.

'진짜 불쌍하군. 천선부에서는 이런 괴상한 수련을 쌓고 있는지 알고 있기나 한 걸까? 하긴 알 리가 없지. 안다면 당장 데리고 간다고 할걸.'

묘진은 표가장의 가복들에게 표영이 있는 곳을 묻고 그리로 발걸음을 옮겼다. 거의 이르렀다 싶을 때 벌써 웃고 떠드는 소리가 크게 들려왔다.

"어훙, 잡아먹고야 말겠다~"

"으아아… 까르르르~ 아 돼… 아 돼……."

"어훙, 은 잡아라. 어훙."

"까르르르~ 살데여……."

늘 그렇듯 호랑이 술래잡기를 하고 있음이었다.

'후후, 방주님도 참. 이래서 내가 개방이 좋아진 거 아니겠어.'

절정의 고수라 하여 늘 위엄 어린 모습에 차 있기보다는 소탈한 모습으로 생활하는 것이 오히려 더욱 강하고 커 보였다. 게다가 방주의 이런 영향 탓에 개방의 지도부 인사들의 행동 방식이나 사고방식은 괴이쩍고 소탈하기 그지없었다. 묘진도 그렇게 돼가고 있는 입장인 것은 물론이다.

내전 앞에 이르러 묘진이 정중히 안을 향해 입을 열었다.

"묘진이 방주님께 드릴 말씀이 있어 찾아왔습니다."

"어? 누구라구? 아, 묘 분타주! 어서 들어와."

묘진이 내전으로 들어갔는데도 여전히 표영은 무릎걸음으로 은을 쫓아다니면서 연신 어훙 소리를 질러댔다. 표영의 차림새는 강호를 활보할 때와는 달리 매우 깔끔했다. 묘진은 익히 표가장 내에서 이런 모습을 봐왔던 터라 이상히 여기지 않았다. 아니, 오히려 가정 내에서 이런 모습을 하고 있는 것은 현명한 처사라고 생각했다.

아무리 실질적인 거지의 모습을 추구하는 개방이라고 해도 집에서 아들과 부인과 함께할 때만은 예외가 되어야 마땅했다. 그것은 비단 표영에게만 적용되는 것이 아니라 가정을 가진 개방인이라면 누구나 허락되는 것이었다.

"방주님, 긴요하게 드릴 말씀이 있습니다."

묘진은 표영이 의자에 앉지 않고 여전히 아들과 술래잡기를 하며 기어다니는 통에 의자에 앉아 있기도 어색해 그저 뻘쭘하게 서 있을 수밖에 없었다.

'두 장로님이나 방주님이나… 허허… 참.'

표가장으로 발걸음을 옮길 때는 당장 천하가 두 쪽 날 것 같은 기분으로 허겁지겁 달려왔는데 막상 이곳에 와보니 온 강호가 평온해 보였다.

"어훙, 잡았다. 어훙, 어훙."

"으아앙… 까르르~ 살두세여……."

"어훙~ 묘진, 어서 이야기해 봐."

"까르르~ 아빠빼… 바부……."

까꿍까꿍 하며 뽀뽀를 해대는 통에 곁에 있던 묘진은 일순 정신이 혼란스러워짐을 느꼈다. 말을 하려던 천보갑에 대한 문제와 지금의 평온함에 너무도 엄청난 차이가 있기 때문이었다.

"저, 방주님… 그러니까 천보갑이 강호로 유출된 듯합니다."

"천보갑? 그게 뭔데? 까꿍… 까꿍."

"까르르~ 깔깔~ 까르르…….''

묘진의 이마에 땀이 송골송골 맺히고 정신이 모아지질 않았다.

"그게, 그러니까 천보갑이 건곤진인으로부터 세상을 뜨셨는데 그게 그러니까 유물이… 중도에 절벽으로 떨어졌습니다만… 그래서 맹공효가 말하길 꼭 전해야 한다고 하면서… 세상을 뜨게 되었답니다."

도무지 정신이 하나도 없어서 무슨 이야길 하는지 스스로도 알 수가 없을 지경이었다.

팍!

표영이 묘진의 눈앞에 우뚝 서서 머리를 한 대 쥐어박았다. 말이 앞뒤가 워낙 뒤엉켜 한마디도 이해할 수가 없었던 것이다.

"너, 지금 무슨 소릴 하고 싶은 거냐?"

비로소 정신을 차린 묘진이 소매로 땀을 닦아낸 후 순서대로 조리 있게 말했다.

"건곤진인께서 세상을 떠나시기 전 심복인 경천일필 맹공효에게 천보갑을 맡겨 어디론가 보내고자 했나 봅니다."

묘진은 이 말을 시작으로 어떻게 맹공효의 최후를 목격하게 되었는지, 그가 내뱉은 마지막 말이 무엇이었는지 자세히 설명했다. 더불어 희대의 명물인 천보갑에 대해서도 자신이 아는 만큼 설명해 주었다.

"천보갑이라… 좀 문제가 커지겠구나."

"그렇습니다. 천보갑 안에는 금환신공이 들어 있을 게 분명합니다."

"음, 천선부에서는 이 일을 아직 모를까?"

"그 부분은 정확히 모르겠습니다만 거의 7할 이상은 모른다고 봐야 할 것 같습니다. 저의 개인적 판단으로는 맹공효가 배신을 당하지 않았나 하는 생각이 들었습니다. 그렇다면 아직까지 천선부에선 모르고 있을 것이 분명합니다."

"음, 어쨌든 천선부로 가봐야겠구나. 너는 그 혼금부주에게 확실히 비밀을 지키라고 주지시켜 놓았겠지?"

"네, 그렇습니다."

하지만 막상 대답을 한 묘진은 조금 불안함을 느꼈지만 곧 떨쳐 냈다.

'철온은 그리 쉽게 입을 열 친구는 아니다. 아무렴.'

표영이 은을 안아 들고 힘있게 말했다.

"그럼 혁성과 진백을 데리고 천선부로 가야겠구나."

13장
또 다른 비급

또 다른 비급

다 좋다 이거야.
견왕지로도 좋고 그 안에 견치지겁도 좋아.
하지만 그것도 상황이나 때를 봐가면서 해야 되지 않냐구.
정말 싫다, 정말 싫어.
세상도 싫고 사부도 싫고 진백도 싫고
다 싫다.
이씨, 또 눈물이 나오잖아.

—천선부 바닥에서 혁성.

혁성은 난감하기 그지없었다. 견왕지로를 향해 가는 길은 아무리 험난하다 하더라도 충분히 감수할 수 있었다. 그곳이 표가장이든 강호의 어떤 장소든지 말이다.

'다 좋아, 다 좋다구. 하지만 왜 천선부에까지 이런 골몰로 가야 한단 말인가!'

아무리 생각해 봐도 이건 좋지 않았다. 어쩔 수 없이 끌려가고는 있었지만 가는 동안 내내 혁성의 머리는 어떻게든 천선부 안으로 들어가는 일은 없어야 한다는 쪽으로 굴러갔다.

천선부까지 약 반 시진(1시간)가량 남았을 때 그동안 머리로 정리해 놓은 멋진 생각을 펴 보였다.

"사부님!"

약간 여유롭게 걷게 되자 혁성이 진중한 어조로 표영을 불렀다.

"뭐냐?"

표영은 계속 걸으면서 느긋하게 답했다. 걷는 걸음에 세 개의 호리병이 앞뒤로 움직이면서 서로 부딪쳐 발랄한 소리를 일으켰다. 보통 사람은 우연히 부딪치는 것으로 생각할 테지만 무공이 어느 정도 경지에 이르고 음공에 대해 이해하는 자가 있다면 그것이 결코 우연히 발생할 수 없음을 알 것이다. 제일 뒤쪽에서 큰 덩치를 촐랑대며 따라오는 진백은 호리병 박자를 맞춰 사뿐사뿐 뒤따라오고 있었다.

혁성이 본격적으로 말을 꺼냈다.

"그러니까 말입니다. 이번에 천선부로 가는 길은 매우 중대한 문제 때문 아니겠습니까?"

"그렇지."

"그래서… 흠흠, 저는 진백과 함께 밖에서 기다리는 것이 아무래도 좋지 않을까 싶습니다. 높으신 분들이 이야기를 나누시는데 제가 들어간다면 격이 떨어지지 않겠습니까? 저는 천선부 밖에서 사부님이 나오실 때까지 구걸이나 하며 수련을 쌓도록 하겠습니다."

혁성은 수련에 대한 이야기를 하면 사부 표영이 상당히 좋아한다는 것을 잘 알고 있었기에 그 말을 양념처럼 집어넣었다.

표영이 갑자기 발길을 멈추고 혁성을 빤히 바라보았다.

"네 녀석이 이제 제 분수를 파악할 줄 아는 경지에 이르렀구나. 대견하구나. 하하하하!"

표영은 혁성의 머리를 쓰다듬었다. 그리고 진백을 보면서 한마디를 이었다.

"너도 그렇게 생각하지?"

진백은 혀를 길게 내밀며 헥헥거리고 꼬리를 살랑거렸다.

"좋다. 너의 가상한 마음이 나의 마음을 움직이는구나."

'휴우~'

혁성은 조마조마한 마음을 부여잡고 어렵사리 설득에 성공하자 속으로 안도의 한숨을 내쉬었다.

"그래, 이번에 천선부에 이르게 되면 천선부의 모든 사람들에게 너의 성장한 모습을 멋지게 보여주도록 하자꾸나. 자, 어서 가자."

"에에? 사부님!"

혁성은 어이없다는 듯 외쳐 보았지만 이미 표영은 성큼거리며 앞으로 걸어갔고 그 뒤를 진백이 촐랑거리며 뒤따랐다. 혁성은 울고 싶은 마음을 간신히 억누르려 했지만 그게 마음대로 되질 않았다.

"저는, 저는 그냥 밖에서 기다리겠다니까요. 사부님, 정말 그러실 겁니까?"

저만치 앞에서 표영의 목소리가 맑게 들려왔다.

"음흥… 하늘이 참 맑지 않냐, 진백아?"

왈왈.

또 다른 비급

'젠장······.'

혁성으로서는 막막했다. 천선부에서 나와 개방 제자로 들어간다는 것과 개방 제자가 되어 다시 천선부를 방문한다는 것은 하늘과 땅 차이가 나는 것이다.

혁성으로선 이제 새로운 길을 찾아야 했다. 빠른 걸음으로 표영의 뒤를 따르며 혁성은 다시금 머리를 인정사정없이 굴리기 시작했다.

'이젠 사부의 도움 없이 내 스스로 날 지켜야 한다.'

차선책은 의외로 간단했다. 어쩔 수 없이 천선부에 들어가야만 한다면 어떻게든 못 알아보게 하면 되는 것이다.

표영은 자신을 알아보지 못하도록 하기 위해 얼굴에 검은 자국을 묻혀 누가 보더라도 전혀 눈치 채지 못하도록 했다. 안 그래도 꾀죄죄한 모습이었는데 지금은 평소의 혁성의 모습은 온데간데없었다. 심지어 표영이 보다라도 워낙 시커멓게 칠해놓아 분간하기 힘들 지경이었다.

하지만 그런 것을 배려할 리 없는 사부가 애매히 폭로할 것이 두려워 말은 확실히 해놔야 했다. 변신이 완벽하게 성공한 후 혁성은 비굴한 목소리로 말했다.

"에헤헤··· 사부님, 저는 이제 천선부 사람이 아니라 개방 사람이잖습니까요?"

표영은 입을 툭 내밀고 '이건 또 뭐냐'는 식으로 바라보았다.

"근데?"

"에헤헤··· 그러니까 굳이 천선부에 들어가게 되더라도 사람들 앞에서 저를 드러내실 필요는 없지 않겠습니까요?"

표영이 진지하게 고개를 끄덕였다.
"으음, 듣고 보니 그렇구나."
"에헤헤… 그냥 저는 부모님이나 큰아버지와 작은아버지께만 제가 혁성이라는 것을 밝히고 싶습니다요. 괜찮겠습니까요?"
"그래, 뭐 나쁘진 않구나. 근데 그 웃음소리 말이다."
"네? 아하… 에헤헤요?"
"응, 그것. 상당히 멋지구나."
"에헤헤… 그럼 자주 하겠습니다요."
노골적으로 비굴함을 드러내며 혁성은 연신 '에헤헤' 거렸다.
"에헤헤… 에헤헤……."
천선부 근처에 이르자 외부 수비를 맡고 있는 이들이 표영과 혁성을 감지했다.
"그렇군. 근데 그 옆에 있는 지저분한 녀석은 누굴까?"
"글쎄, 제자는 혁성 공자님밖에 없는 것으로 알고 있었는데 말이야."
"새로 거둬들인 제자가 아닐까?"
"하긴 그렇기도 하겠군. 혁성 공자께서 저런 몰골로 천선부에 오시진 않을 테니 말이야."
"아무렴. 방주님도 그 정도는 배려해 주는 분이겠지."
"그런데 저기 뒤에 따라오는 개는 뭘까?"
"그러고 보니 일행이로군. 어허, 고놈 덩치가 호랑이만할세."
"하여튼 특이하다니까, 특이해."

두 사람은 전음으로 대화를 주고받으며 표영과 혁성을 그대로 통과시켰다. 만일 적으로 의심된다면 일단 이곳에서부터 검열이 시작되는 것이다.

또 다른 비급 177

표영이 천선부 정문에 이르게 되었을 때 천선부에서는 이미 수비대원들을 통해 알고 있었던 터라 바로 안내를 받고 안으로 들어갈 수 있었다. 천선부인들은 개방 방주는 그렇다 치더라도 그 뒤를 잇는 어린 거지와 흰 개를 의아한 시선으로 바라보았다. 혁성은 속으로 쾌재를 불렀다.

'흐흐, 역시 완벽했어.'

그때 표영이 시선을 의식한 듯 옆에서 걷는 총관 하문양을 향해 한마디를 던졌다.

"하하, 다들 궁금해하는 것 같은데 간단히 동행을 소개할까요?"

총관 하문양은 느닷없는 말에 얼떨떨하게 답했다.

"뭐, 편하실 대로 하시죠."

하지만 이 말에 이미 혁성의 얼굴은 사색이 되어버렸다.

'뭐, 뭐지?!'

표영은 곧바로 천음조화를 시전해 고요하고 맑은 목소리로 말했다. 천음조화의 기본적인 특성은 거리에 상관없이 소리가 닿는 곳까지는 서는 같은 음량으로 소리가 들린다는 점이었다.

"개방의 방주 표영이 제자 오혁성과 영특한 개 진백을 데리고 천선부에 이르렀습니다."

혁성으로서는 사부에 대한 원망이 하늘 끝까지 이를 것 같았지만 일단은 쥐구멍이라도 들어가고 싶은 심정이었다. 천음조화의 묘용은 실로 커 천선부에 있는 모든 사람들이 오혁성의 소식을 듣고 쏟아져 나왔다. 총관 하문양이 표영을 향해 웃음을 지으며 말했다.

"하하, 방주님은 참으로 재밌으십니다. 여기 젊은 분은 어딜 봐도 혁성 공자님으로는 보이지 않습니다만. 하하하."

몰려나온 다른 천선부인들도 거의 대부분 비슷하게 생각했다.
"그럼 농담하신 거겠지."
"혁성 공자님이 저렇게 변할 리가 있겠어? 그건 말도 안 되지."
"분명 다른 제자를 데리고 오셨을 거야."
모두들 믿지 않는 듯하자 표영이 즉시 혁성을 보고 말했다.
"혁성아, 네가 말해 보아라."
"네?"
"응, 어서."
혁성은 이마에서 식은땀을 주르르 흘리면서 어렵사리 입을 열었다.
"하 총관, 나 맞어."
하문양은 설마설마 하다가 그 말을 듣고 화들짝 놀라 큰 소리로 말했다.
"정말 혁성 공자님이십니까? 정말입니까?"
어찌나 크게 말하는지 혁성은 턱이라도 한 대 갈겨주고 싶었다. 계속 정말이냐고 물어오니 이젠 울화가 치밀었다.
"그래, 맞다니까. 이젠 말귀도 못 알아먹는단 말이냐!"
폭언을 듣고서야 하문양은 혁성을 알아봤고 다른 이들도 모두 혁성임을 알았다. 그들은 여기저기서 삼삼오오 짝을 이루어 웅성거리며 손으로 입을 가리고 킬킬대기도 하고 살짝살짝 손가락으로 가리키기도 했다. 혁성으로서는 참담하기 이를 데 없는 순간이었다.
하지만 표영의 말은 여기에서 끝나지 않았다.
"나는 하 총관님과 함께 부주님을 뵈러 갈 테니 너는 내가 나올 때까지 이곳에서 견치지겁을 쌓고 있도록 해라."
"네? 여기에서요?"

또 다른 비급

"그래."

 표영은 단호하게 말하고 느닷없이 길게 휘파람을 불었다. 그것은 견왕의 신분으로 천선부 내의 개들을 소집하는 명령이었다. 천선부 내에도 가정을 꾸리고 살아가는 이들이 많았고 개를 기르는 곳도 꽤 있었기에 개들은 날듯이 달려왔다. 천선부의 개들이라고 해서 견왕의 명령을 무시할 만한 특권은 없었다.

 일단 삼십여 마리 정도가 순식간에 몰려들어 표영의 앞에 줄을 맞추고 섰다. 표영은 진백의 머리를 쓰다듬으며 뭐라고 주절거렸고 진백이 '월월' 하며 알아들었다는 듯한 소리를 냈다. 표영은 일단 진백에게 개들을 지휘하라고 명한 것이다.

 천선부인들은 이 황당한 상황에 모두들 입만 쩍 벌리고 무슨 일이 벌어질 것인가 하며 눈을 똑바로 뜨고 지켜봤다.

 '개방의 방주는 개하고 말까지 하는군.'

 '허허, 거참.'

 '저건 우리 누렁이인데 저 녀석이 왜 저리 꼬리를 살랑대지?'

 '뭐, 뭐냐, 대체 이건……'

 진백은 연신 짖어대며 삼십여 마리의 개들에게 자세히 설명을 하는 듯했고 개들은 거의 다 들었는지 폴짝폴짝 뛰며 좋아했다.

 표영이 넋이 나간 하 총관에게 말했다.

 "우린 가십시다."

 "예? 예, 그래야죠……."

 하 총관을 따라 표영이 가버리자 개들은 일제히 달려들어 혁성을 물어뜯었다. 혁성은 개들에게 포위되어 천선부 광장 한가운데서 모로 누운 채 개 이빨의 두려움에 대한 수련을 쌓아야만 했다. 혁성의 눈에서 서러움의 눈물이 주르르 흘러 시커멓게 칠한 얼굴에 하얀 줄이 생겼다.

 한참 혁성이 견치지겁을 연마할 동안 표영은 신임 부주 오경운과 마주 앉았다. 상견례를 마치고 자리에 앉자 표영이 짐짓 진중하게 입을 열었다.
 "외람된 말씀입니다만 혹시 경천일필 맹공효의 죽음에 대해 알고 계시는지요?"
 "공효가 죽다니요? 그게 무슨 소립니까?"
 오경운은 자신의 귀를 의심하며 되물었다.
 "현재 개방에서 파악한 정보로는 그렇습니다. 그러니까……."
 그 말을 시작으로 표영은 상세하게 맹공효에 대한 이야기를 하기 시작했다. 고문산 절벽 아래로 추락했고 죽음 직전에 천보갑에 대해 언급하며 꼭 전해야 한다는 말을 남겼다는 것도 이야기했다. 표영의 말이 끝날 때쯤 오경운의 안색은 붉게 변해 있었다.
 "도대체 저로서도 어떻게 된 일인지 알 수가 없군요. 공효가 죽고 또 난데없는 천보갑이라니……."
 "그럼 혹시 부주께서는 맹공효가 천보갑을 지니고 있었음을 알지 못하셨습니까?"
 "그렇습니다. 사실 아버지께서 돌아가시기 전 천보갑에 대해 말씀하시길 없는 것으로 생각하라고 하셔서 저는 거기엔 관심을 두지 않았답니다."
 욕심을 갖지 않는다라는 것이라면 표영은 그 누구보다 대단하다고 자부해 왔는데 지금 앞에 있는 부주는 한술 더 뜨는 것 같았다.

"천보갑 안에는 금환신공이 들어 있다고 알고 있습니다만."
이번에도 오경운은 놀랐다.
"네? 그럴 리가요!"
그리곤 말을 이었다.
"방주께서 오시기 전에도 저는 금환신공을 보고 있었습니다만……."
"아니, 그럼 거기에 무엇이 들어 있다는 말씀입니까?"
표영의 놀람에 오경운이 난색을 표했다. 그로선 오리무중일 수밖에 없었다.
"글쎄요……."
그는 문득 천보갑을 개봉할 수 있는 열쇠의 행방을 떠올렸다.
"천보갑에 대해선 모르지만 천보갑을 열 수 있는 이는 오직 돌아가신 아버지와 저의 넷째 동생 유태뿐이랍니다."
표영은 그 말을 듣고 대충 상황이 짐작되었다.
"음, 그럼 이런 가정을 해볼 수가 있겠습니다. 건곤진인께서는 돌아가시기 전 맹공효에게 천보갑에 뭔가를 넣고 몰래 전달하도록 하신 것일 수 있습니다. 맹공효는 천선부에서 나갈 때 천보갑에 대해 전혀 말하지 않았던 거로군요. 혹시 동행이 있었습니까?"
"네, 부인과 함께 떠났습니다."
"으음……."
표영은 부인이 의심스러웠지만 함부로 말하기가 난처해 속으로 삭인 후 다른 질문을 던졌다.
"부주께 금환신공 비급이 있다면 거기엔 무엇이 들어 있었을까요? 왜 꼭 넷째 아드님께 전달하려고 했을까요?"

"사실 넷째가 우리 형제들 중에선 가장 천부적인 자질을 타고났답니다. 아버지께서는 특히 유태를 아끼고 사랑하셨죠."

그건 표영도 오비원으로부터 직접 들어 알고 있던 바였다.

"으음, 가만 생각해 보니 좀 특이한 점이 있었습니다."

"어떤 점입니까?"

"그러니까 돌아가시기 6개월 전 정도일 겁니다. 그때부터 아버지께서는 무언가를 열심히 쓰고 계셨습니다. 하지만 제가 드릴 말씀이 있어 내전에 들면 뭔가를 황급히 숨기시곤 하셨죠."

그 말을 하고서 오경운은 한숨을 내뱉었다.

"사실 누구에게도 부끄러워 말은 못했지만 천선부주의 자리는 원래 제가 있어야 할 자리는 아닙니다. 사실 넷째의 자리인 것이죠. 아마도 아버지께서는 따로 넷째에게……."

오경운은 그 뒷말을 잇지 못했다. 표영도 더 이상 말을 듣지 않아도 충분히 짐작할 수 있어 뭐라고 할 수가 없었다.

표영은 속으로 말했다.

'부주, 당신은 이런 말을 할 수 있다는 것만으로도 부주로서 자격이 있는 겁니다.'

오경운이 다시 입을 뗐다.

"아마 그것은 금환신공의 사본이나 새롭게 창안한 무공이 아닐까라는 생각이 듭니다."

표영이 고개를 끄덕였다.

'공효가 죽으면서 진인의 가장 소중한 보물이라고 했고 그것을 천보갑에 넣어갈 정도이니 필히 금환신공이거나 새로이 창안한 무공일 가능성이 높겠지.'

"일단 희대의 보물이 강호에 떠돈다면 한바탕 대소란이 일어날 우려가 있으니 대책을 마련해야겠습니다."
"당장 각 문파의 장문인들을 소집해 대비책을 마련하도록 합시다."

14장
소문은 천리마가 되어

소문은 천리마가 되어

하하하…
천보갑이라고 했으렷다.
이번엔 얼마나 받을 수 있을까?
집 한 채 정도는 넉넉히 살 수 있는 돈이겠지?
이런 행운이 내게 찾아오다니…
역시 나는 운이 좋은 놈이란 말씀이야.
하하하하!

—맹공효를 제일 먼저 발견한 막포.

두 눈.
아주 느리게 깜박이는 두 눈은 관상용 붕어의 눈처럼 그렇게 희미하게 깜박이고 있었다. 사람의 눈이 그렇게 천천히 깜박일 수도 있다는 것을 보여주겠다고 단단히 각오하지 않고는 나올 수 없는 그런 것이었다.

그 느린 깜박임은 한 번 눈을 감았다가 다시 뜨게 될 때 뭔가 달라져 있었다. 아주 미세해 구별하기 힘들었지만 그건 분명 생기(生氣)였다.

생명의 기운이 소멸되어 가고 있다는 것을 눈빛이, 그리고 깜박임의 횟수로 말해 주고 있는 것이다.

투명하리만치 푸르른 하늘은 죽음과는 도무지 어울리지 않았기에 마지막을 향해 달려가는 그는 더욱 서글펐다.

'누군가 팔베개라도 해주었으면……'

꼭 팔베개가 아니어도 좋다. 그저 이렇게 죽어가고 있는 것을 지켜만 봐주어도 좋겠다. 눈물을 흘리지 않아도 된다. 그저 한줄기 안타까운 눈빛이면 그것으로 만족할 수 있을 것 같았다.

하지만 그가 죽어가는 숲 근처에는 그의 무릎 밑으로 열심히 식량을 옮기는 개미의 무리만이 있을 뿐 사람은 단 한 명도 없었다. 대신 다른 것이 있었다. 머리 위로 죽음의 냄새를 맡은 것인지 독수리가 기회를 엿보고 있었고 그리 멀지 않은 곳에서 까마귀들이 독수리 다음을 노리고 있었다.

그의 입이 힘겹게 열렸다.

"어, 어마……"

죽어가는 마당에 속으로 되새길 수 있을 텐데도 그는 소리 내어 말하고 싶었다. 피가 엉킨 메마른 입술 사이로 알아들을 수 없는 말이 새어 나왔다.

'이렇게 불러선 도무지 누구도 들을 수 없을 것이다.'

다시금 힘을 내야만 했다. 이번에는 그래도 알아들을 수 있는 소리가 나왔다.
"어, 엄마……."
이번에도 그렇게까지 명확한 것은 아니었지만 분명 엄마라고 했다. 아마 그가 태어나 처음으로 배운 말이 '엄마'였으리라. 그는 어릴 적 울면서 엄마를 부르던 때를 떠올렸다. 엄마만 부르면 모든 것이 해결되는 때였다.
태어나서 처음으로 불렀던 그 '엄마'라는 말을 그는 이제 마지막 죽음의 순간에 내뱉었다.
힘없는 노인이 창문을 힘겹게 서서히 닫듯 그의 눈이 스르르 감겼고 다시는 떠지지 않았다.
그는 이제 이 세상을 떠났다. 하지만 그의 몸은 아직까지 살아 있는 것처럼 뚫린 가슴으로 피가 새어 나오고 있었다.
그리고 이어 독수리가 날아들었다. 이제 곧 화장을 당하듯 세상에서 사라질 것이다.
쓸쓸히 아무도 알아주지 않는 죽음을 맞이한 이는 막포였다.
혼금부에서 일하던 요원으로 제일 먼저 맹공효가 떨어진 것을 발견했던 그이다.

막포의 죽음은 결국 욕심 때문이었다. 그는 혼금부주 철온의 경고를 무시하고 정보를 팔아 한몫 챙겨보려 했다. 비밀리에 진행한다면 그다지 문제될 것이 없어 보였다.
그가 찾아간 사람은 번천산장의 장주 번석이었다. 번석은 쾌검이라는 별호를 가진 자로 검술에 능했고 욕심이 많은 자였다. 막포는 그에게 천보갑에 대한 정보를 팔아 거금을 손에 넣으려고 했지만 결국 그 일로 인해 번석에게 죽임을 당해 독수리의 밥이 되고 만 것이다.

욕심이 많은 자를 찾아간 까닭에 그 욕심의 희생양이 되고 만 것이다.

번석은 천보갑에 대한 말을 듣고 바로 은밀히 동료들을 규합하기 시작했다. 약 십여 명의 동료들이 모이고 그들은 천보갑에 대한 소식을 접했다. 모두의 심장이 뜨거워진 것은 두말할 나위 없었다. 그들은 그저 말을 들은 것에 불과했지만 강호인들으로서의 주체할 수 없는 욕망에 사로잡혔다. 당장 천보갑이 수중에 들어오는 것처럼 흥분했다.

이렇게 천보갑에 대한 이야기는 막포에서 번석으로 이어졌고 다시 십여 명에게 알려지게 되었다. 이제 점점 천보갑을 아는 사람이 늘어가고 있는 셈이다.

분명 번석은 이들에게 천보갑에 대해 말할 때 이런 말을 빠뜨리지 않았다.

"지금 내가 하는 말은 그대들에게만 하는 것이니 절대 다른 사람에게 말해선 안 되네. 알겠나?"

그 말을 들은 사람들이 당연히 크게 고개를 끄덕였을 것은 불을 보듯 뻔한 일이었다. 어떤 이는 버럭 소리까지 지르며 '우릴 뭘로 보고 그렇게 믿지 못하냐'고 화를 내기도 했다. 또 어떤 이는 '내 입이 무거운 것은 중원이 알아준다' 라고도 했다.

하지만 그렇게 자부했던 사람들은 또다시 그 이야기를 비밀리에 전했다.

"이건 절대 해서는 안 되는 말이지만 당신에게만 하는 거야. 절대 다른 사람에게 말하면 안 돼?"

"당연하지. 날 뭘로 보는 거야."

이런 식으로 천보갑에 대한 소문은 일파만파가 되어 퍼져 나갔다. 번석은 입을 봉하기 위해 막포를 죽였지만 빠르게 전해진 소문을 생각할 때 막포만 불쌍하게 된 것이었다.

발 없는 말[言]이 천리 간다고 했다. 천리마가 제아무리 빠르다고 해도 어찌 욕망에 가득 찬 소문을 능가할 수 있겠는가. 게다가 그것이 오비원의 유물이며 천보갑이라 한다면 그것은 두말할 나위 없이 빠르게 전해지는 것이다.

이로 인해 강호에는 삽시간에 천보갑에 대한 소문이 휩쓸었다. 심지어 어린아이조차도 천보갑에 대한 소식을 알게 되었다. 강호는 들썩였고 중원은 폭풍이 일어날 기세였다.

15장
정파 회의

정파 회의

아버지, 제가 과연 이 자리에 있기를 바라셨나요?
아니면 차마 말을 하지 못하신 건가요?
저의 부족함을 누구보다 제가 잘 알고 있습니다.
왜 넷째에게 비급 전하는 일을 제게 말씀하지 않으셨나요?
아버지의 진심을 듣고 싶습니다.
—천선부주 오경운.

 천선부의 요청을 받은 구대문파의 장문인들과 천하오대세가의 가주들은 천선부로 향했다.
 이들은 천선부에서 보내온 연락에 단지 '매우 급하고 중대한 일'이라고만 되어 있어 궁금증을 가지고 서둘러 천선부로 향했지만 정작 천선부에 도착하기도 전에 '급하고 중대한 일'이 무엇인지를 알아버렸다.
 그건 바로 천보갑에 대한 소문이 삽시간에 강호에 퍼져 뒤흔들어 놓았기 때문이었다. 그리고 천선부로 향하는 발걸음은 곧 천보갑에 대한 소문이 단지 소문에 그치는 것이 아니라 사실이라는 것도 짐작할 수 있었다.

 천선부의 봉황관.
 정파 대표들이 중요한 것을 논의할 때면 언제나 이곳에서 모였다. 봉황관의 안쪽에는 커다란 직사각형의 탁자가 놓여 있었고 열여섯 명의 정파를 이끄는 핵심 지도자들이 자리했다.
 그들의 얼굴은 사태의 심각성만큼이나 진지하고 신중했다.
 천선부주 오경운이 인사말을 마친 후 본격적으로 입을 열었다.
 "대충 오시는 길에 이야기를 들으셨으리라 여기고 바로 구체적인 이야기를 하도록 하겠습니다."
 영문을 몰라 자세한 내막을 궁금해하던 지도자들은 오경운을 주목했다.
 오경운의 말이 이어졌다.
 "아버지, 아니, 공적인 자리이니 건곤진인으로 칭호하겠습니다. 건곤진인께서는 세상을 떠나시기 전 믿고 아끼던 심복 경천일필 맹공효에게 은밀히 천보갑을 맡기셨습니다. 그런 내용은 심지어 본인조차 모르던 내용이었습니다."
 모르고 있었다라는 말을 할 때 오경운의 음성은 조금은 낙담한 듯 가라앉았다.
 충분히 그럴 만했다. 천선부주가 되었다지만 자신이 모르는 사이에 어떤 일이—그것도 천보갑과 비급에 관련된—암암리에 진행되었다는 것은 혹시 자신이 부주의 자격이 되지 않는 것은 아닌가라는 생각을 가지게 할 법했던 것이다.

"맹공효가 할 일은 천보갑을 곤륜에 있는 넷째 오유태에게 전하는 일이었습니다. 본인으로선 천보갑 안에 무엇이 들어 있는지는 확실히 파악하지 못하고 있습니다. 단지 추측하기론 금환신공의 사본이나 새롭게 창안하신 무공 비급이 아닐까 생각하고 있습니다."

잠시 말을 멈추고 앞에 놓인 잔으로 목을 축인 후 오경운이 말을 이었다.

"공효는 제게 여행을 간다고 말하고 부인 진몽향과 함께 곤륜으로 떠났습니다. 하지만 한 달 뒤쯤 공효는 고문산 절벽에서 떨어졌고 그는 죽기 직전에 혼금부 사람들에게 천보갑에 대해 말하였는데 '그 속에 진인의 보물이 담겨 있다'고 했다 합니다."

오경운의 말은 그 뒤로도 계속 이어졌다. 그는 천선부에서 사실 확인차 사람을 보내 혼금부 사람들을 만난 내용과 이미 그때 최초 목격자가 실종되었다는 것, 그리고 진몽향의 행방을 아직 파악하지 못했다는 것을 자세히 설명했다.

"아마도 최초 목격자인 막포라는 이의 실종이 바로 강호를 휘도는 소문의 원인이 아닐까 싶습니다. 혹시 이 내용을 들으시고 의문이 나시거나 궁금한 것이 있으면 말씀해 주십시오."

화산파 장문인 양천일이 입을 열었다.

"천보갑을 탈취하는 일을 할 수 있는 곳은 강호에 그리 많지 않습니다. 대충 어떤 곳인지 짐작하고 계신 곳은 없으십니까?"

오경운이 답했다.

"물론 유력한 곳으로 혈곡을 생각하고 있습니다. 사실 정확한 증거가 없어 다그칠 수 없을 뿐이지 거의 혈곡이라고 단정 지은 상태입니다. 하지만 우리가 곤륜으로 가게 되면 천보갑을 빼앗은 이들이 누구인지 알 수 있을 겁니다."

"자세히 말씀해 주십시오."

"천보갑을 열 수 있는 유일한 수단이 바로 곤륜에 있는 넷째 동생의 목에 걸려 있기 때문입니다. 다른 방법으로는 무슨 수단을 강구한다고 해도 열 수 없답니다."

"천선부에도 열쇠가 있지 않겠습니까?"

"네, 맞습니다. 원래 열쇠는 두 개였습니다. 하나는 천선부에 있고 또 하나는 아까 말씀드린 대로 넷째 동생에게 있습니다. 하지만 건곤진인께서 돌아가시면서 열쇠의 행방을 말씀하지 않으셨고, 또 저희는 묻지 않아 어디에 있는지 알 수가 없는 형편이니 현재로써는 오직 곤륜산에 있는 넷째에게만 열쇠가 있는 셈입니다."

곤륜파의 장문인 뇌추풍이 안광을 빛내며 말했다.

"그럼 한시 바삐 곤륜에서 그들을 맞을 준비를 해야 되지 않겠습니까?"

"그렇지요."

가만히 지켜보던 표영이 입을 열었다.

"현재로선 강호에 떠도는 소문으로 인해 헛되이 분란이 일고 가짜 천보갑이 나도는 일이 없도록 하는 일도 함께 처리해야만 합니다."

옳은 말이었다. 실제 점점 소문은 덩어리가 커져 본래 천보갑의 진실보다 더욱 신비롭고 더욱 가공할 만한 것으로 확대되고 있었으니 말이다.

무당파의 장문인 운학 도장이 고개를 끄덕이며 물었다.

"방주의 말씀이 맞소이다. 으음, 그런데 과연 그들을 어찌 납득시키는 것이 좋겠소?"

"일단 소문을 일거에 잠재우고 강호의 분란을 없애기 위해서는 모든 것이 공개적으로 이루어져야 한다고 생각합니다."

"으음……."

오경운을 비롯해 모두가 침음성을 흘렸고 표영이 거침없이 의견을 말했다.

"두 가지 경우가 다 위험 부담이 크다고 할 수 있습니다. 만일 곤륜에서 은밀히 천보갑의 열쇠를 노리는 이들과 격돌한다면 천보갑을 찾아올 수는 있겠으나 강호에 뻗어 나간 소문은 쉽사리 잠재우기 힘들 겁니다. 또 한편 공개적으로 모든 것을 드러내 놓고 일을 처리한다면 일거에 강호를 평온케 할 수가 있습니다. 하지만 이 경우에는 정파와 사파로 힘이 나뉘어 자칫 정사대란이 일어날 가능성도 배제할 수 없습니다."

오경운이 어렵사리 입을 열었다.

"어느 것도 쉽게 선택하기 힘들구려."

잠시의 정적이 흐르고 표영이 호흡을 가다듬고 다시 입을 열었다.

"공개적으로 할 경우 대혼전을 피하기 위한 방안이 마련된다면 어쩌면 수월하게 일이 진행될지도 모릅니다."

"……."

모두가 시선으로 물어오자 표영이 다시 곧바로 대답했다.

"먼저 정파나 사파에서 중립을 지킬 수 있다고 인정되는 이를 찾아 그로 주재토록 해야 합니다. 일단 상대는 천보갑을 가지고 있고 우리는 열쇠가 있으니 그것을 열기 위해선 정과 사에 치우치지 않는 이가 중심을 잡고 천보갑을 개봉해야 합니다. 그 뒤에 각기 다섯 명씩 대결할 사람들을 뽑아 그들의 승부로 결정짓도록 하는 겁니다. 모든 무림인들이 모인 자리인만큼 약속은 반드시 지켜지리라 믿습니다."

표영의 말에 하나둘 고개를 끄덕였다.

"과연 그런 중임을 맡을 만한 사람이 있겠습니까? 게다가 혈곡에서도 인정할 만한 사람이어야 되지 않습니까?"

점창파의 장문인 장영후였다.

"그런 분이 있긴 있지요."

오경운이 조용한 목소리로 말했다.

"누굽니까?"

"대학사 일이관지 소하천이라고 들어보셨습니까?"

"아……!"

여기저기서 탄성이 터져 나왔다. 그 탄성에는 '그라면 가능하겠군요' 라는 뜻이 가득 담겨 있었다.

일이관지 소하천은 대학사로 이름이 드높았는데 나이는 60대 중반으로 학문에 능하나 무공에도 어느 정도 조예가 있었다. 그는 정파 사람이나 사파 사람들을 구별하지 않고 대했고 사파 사람들도 그를 싫어하는 이가 드물었다.

"그라면 가능하겠습니다."

"좋습니다. 그럼 표 방주님의 의견에 따라 시행토록 합시다."

16장
배신자에 대한 예우

배신자에 대한 예우

나의 소망이여,
나의 꿈이여,
어디로 가는가.
나는 혈곡의 십대고수가 되고 말 테다.
나는 강호를 진동시키는 고수가 되고 말 테다.

―구세경.

구세경에겐 꿈이 있었다.

―세상을 모두 내 발 앞에 무릎 꿇리고 말리라.

그 장대한 야망은 그가 고아로 자란 까닭도 어느 정도 작용했을지 몰랐다. 아니, 어쩌면 그것은 고아라는 것과 전혀 상관없을는지도 모른다. 세상엔 수많은 고아들이 있지만 그들 모두가 그런 마음을 품는 것은 아니니 말이다.

게다가 제아무리 정상적인 집안에서 정상적인 교육을 받고 자랐다 해도 그런 야심을 갖지 말란 법은 없지 않는가. 그러니 출생 환경으로 모든 것을 판단하고 결정지을 순 없을 것이다.

구세경은 어린 나날을 하루도 쉬지 않고 삶을 원망하며 하늘을 저주하며 보냈다.

왜 자신은 좀 더 좋은 환경에서 태어나지 못했는지, 차라리 이렇게 태어날 바에는 갓난아이 때 아무것도 모른 채 죽었으면 더 좋지 않았느냐며 절규했다.

하늘은 그런 구세경을 결코 저버린 것이 아니었다. 아니, 그것이 비단 구세경뿐이겠는가. 결코 하늘은 누구라도 함부로 저버리지 않는다. 하늘은 다른 사람이 쉽게 얻지 못할 뛰어난 머리와 자질을 그에게 주었던 것이다.

그것은 어떻게 사용하느냐에 따라 큰 벼슬아치가 될 수도, 뛰어난 무사가 될 수도 있는 것이었으며 훌륭한 아버지가 될 수도, 훌륭한 남편이 되게 할 수도 있는 것이었다.

어디까지나 구세경이 어떤 마음을 먹고 인생을 살아가느냐에 달려 있다고 봐야 했다. 시련을 극복하고 자신을 극복한다면 세상이 깜짝 놀랄 성공 신화를 만들어낼 수 있는 힘을 하늘이 부여하신 것이다.

하지만 구세경은 그 소중함과 감사함을 모르고 원망을 그치지 않았다. 세상에는 그보다 못한 사람이 너무도 많았고 훗날에는 훨씬 위대한 사람이 될 수도 있을 것이건만 그는 당장 눈앞에 드러난 현실만을 바라보며 자신은 불행하다고 생각했다.

그러던 차에 그가 스스로 행운을 잡았다라고 생각한 것은 백미마군 황태를 만나고부터였다.

황태는 기관학의 고수이며 잡학에 능하고 사람을 알아보는 눈도 탁월해 단번에 구세경이 뛰어난 인재라는 것을 간파했다. 비록 미간 사이에 어려 있는 어두운 기운과 반골상을 보았지만 그 정도는 자신의 힘으로 충분히 억누를 수 있다고 생각했다. 오히려 약간의 반골 정신은 필요하다고까지 생각할 정도였다.

구세경이 황태를 따라 백미정으로 들어가 사부로 모시고 배움을 갖게 된 것은 15세가 되어서였다.

백미정은 아직 어리다면 어린 구세경에게 세외의 별천지나 다름없었다. 모든 것이 신비롭기만 했다. 바람에 흩날리는 잎사귀 하나에까지 의미가 부여되어 있는 백미정은 초라한 생활을 해오던 구세경에겐 환상과도 같았다.

황태는 세상을 등지며 어린 제자를 가르치는 것으로 낙을 삼았다. 그의 선택은 가히 탁월한 것이었다. 모래밭에 물을 뿌리면 순식간에 물이 스며들듯 구세경은 그렇게 황태의 모든 것을 흡수해 갔다.

마냥 배움이 좋아 시간 가는 줄 모르던 구세경에게 변화가 나타난 것은 그 후 3년이 지나서였다. 구세경은 그때 거의 열흘간을 고열에 시달리며 곧 죽을 것처럼 앓았다. 의술에도 달통한 황태였지만 좀체 치료가 먹히질 않았다.

황태로서는 난감하고 이해하기 힘든 일이었지만 그건 어떤 치료약을 통해 나을 수 있는 병이 아니었다. 구세경의 고통은 자신의 꿈이 이대로 동결(凍結)되는가에 대한 극한의 두려움 때문이었다. 앞에서도 언급했던 바 그의 꿈은 세상을 발 아래 두는 것이지 않던가.

헌데 그는 뛰어난 사부가 세상의 야망에는 전혀 마음을 두지 않을 뿐 아니라 자신마저도 세상과 동떨어진 삶으로 살아가길 바라고 있음에 마음 깊은 곳에서부터 좌절이 밀려든 것이다. 그것이 고통의 원인이었다.

열흘이 지나면서 천천히 구세경의 병세는 호전되었다. 황태는 드디어 약의 효험이 나타나는 것이라 생각했지만 사실은 전혀 달랐다. 병세의 호전은 곧 배신에 대해 마음을 품고 그것을 서서히 굳혀가면서 점점 좋아진 것이었다.

구세경이 선택한 곳은 혈곡이었다. 몸이 정상으로 돌아온 후부터 구세경은 더욱 열심히 가르침을 받는 모습을 보였고 더욱 믿음을 심어주었다. 그리고 그 믿음으로 생겨난 빈틈을 타고 그는 혈곡과 은밀한 거래를 체결했다.

혈곡에서는 오래전부터 백미마군 황태를 끌어들이려 노력했다. 기관진식에 있어서 독보적 존재인 까닭에 혈곡의 사람이 된다면 그 힘은 단지 한 사람이 아닌 수천 수만의 고수를 얻는 힘이 되는 셈이었다.

하지만 황태는 정파에도 사파에도 속하지 않고 그저 세상을 도외시한 채 신선처럼 나날을 보내길 바랄 뿐이었다.

가끔 협박도 해보고 절친한 친구인 악풍을 통해 회유도 해봤지만 그런 건 아무 소용도 없었다. 악풍도 사실 회유라기보다는 그저 술을 마시며 이야기를 나누다 오는 것으로 만족할 뿐 전혀 설득시킬 마음 따윈 없었다. 그들은 진정한 우정을 지니고 있었다.

그런 까닭에 구세경이 건넨 뜻밖의 제안은 혈곡으로서는 더없이 만족스러운 것이었다. 구세경은 황태가 목숨처럼 여기는 사대비서를 바치면 혈곡 내 십대고수 반열에 들도록 해주겠다는 약속을 받았다. 그로선 인생에 있어 두 번째 행운이 기다리고 있는 셈이었다.

구세경은 황태와 악풍을 처치한 후 천보갑을 챙겨 들고 이미 마음에 새겨놓았던 계획대로 차례로 실행에 옮겼다. 그가 앞으로 행할 일들은 모두 잔인한 일들뿐이었다.
그의 잔악한 손속이 이어진 건 백미정의 다섯 하인들에게였다. 그들은 각기 자신이 일하는 곳에 있다가 웃는 낯으로 다가온 구세경에게 차례로 맞아죽었다. 그들 중엔 자신이 죽는 줄도 모르고 죽은 사람도 있었다. 물론 그것을 구세경은 낄낄대며 자비를 베푼 것이라고 말하는 걸 잊지 않았다.
구세경은 조심스럽게 사대비서를 가지고 나왔다. 그리고 그 순간에도 다시 잔머리를 굴렸다. 이제 천보갑을 얻은 이상 사대비서를 혈곡에 바쳐야 할 이유는 없었다.
'이것은 나만의 것으로 둔다. 사대비서까지 바치기엔 내 자존심이 허락질 않는단 말씀이야.'
그렇게 간악함 속에 또 다른 간악함을 품었다.
사대비서는 혈곡에서조차 탐낼 만큼 대단한 것들이었다.

자모이혼진(子母離魂陣).
한운허강(寒雲虛剛).
벽운태을(碧雲太乙).
천둔장법(天遁掌法).

자모이혼진은 진법에 관한 모든 것이 총망라된 것으로 과거로부터 이어진 모든 진법을 다시금 황태가 자신의 것으로 녹여 재창안한 것들로 구성되어 사대비서 중 가장 가치있는 것이 바로 자모이혼진서였다.

한운허강은 자모이혼진과 뗄래야 뗄 수 없는 책으로 자모이혼진을 구성함에 있어 그 원론이 되는 이치들을 빼곡히 적어놓은 비서였다.

벽운태을은 진법 외의 기(棋), 서(書), 예(藝), 의(醫)에 대해서 다루고 있는 것으로 그중 의(醫)에 대해 상당 부분 할애된 비서였다. 이 벽운태을이야말로 제2의 황태의 인성을 갖출 수 있는 것이라 할 수 있었다.

천둔장법은 유일하게 무공 비급인데 마치 진법을 장법으로 변환시켜 놓은 듯 그 움직임이 표홀하기 그지없다. 실제로 진세 안에서 천둔장법을 펼치면 그 힘의 열 배에 해당하는 위력을 갖게 되는 신비한 장법이었다.

구세경은 이 네 개의 비급을 곱게 갈무리하고서 백미정을 불살랐다. 그토록 신비로운 자태를 뽐내던 백미정은 한 야심가에 의해 그렇게 그 광채를 잃어갔다.

백미정을 빠져나온 구세경은 혈곡의 인물들을 만나기 전 몰래 사대비서를 숨겨놓아야만 했다. 나중에 물어본다면 천보갑을 가지고 급하게 나오느라 거기까지 생각이 미치지 못했다고 말하면 되는 것이다. 천보갑의 명성은 충분히 사대비서에 대한 의문을 씻어내 줄 것이라 믿어 의심치 않았다.

"흐하하! 강호여, 이제 이 구세경이 우뚝 설 날을 지켜보아라!"

단천우의 눈이 이글거렸다. 천보갑이 바로 눈앞에 있는 것이다. 아니, 정확하게 말하자면 아직 수중에 들어온 것은 아니지만 이미 들어온 것이나 다름없었다. 지금 그의 앞에는 구세경이 서 있었다.

"수고가 많았다. 천보갑은 어디에 있느냐?"

단천우는 태연한 척 애썼지만 마음은 크게 들떠 있어 아무도 없다면 마구 소리라도 지르고 싶은 심정이었다.

이렇게,

─으아아아악~! 이제 천보갑은 내 수중에 들어왔다! 금환신공이 내 손안에 들어온 것이다! 으하하하하……!

하지만 이건 어디까지나 천보갑을 받은 후 아무도 없는 곳을 찾아가 다시 한 번 주위를 두리번거려 아무도 없음을 확인한 후 외쳐야 할 말이다. 어쨌든 지금 혈곡의 곡주로서 채신머리를 생각해야만 한다.

"기회를 엿보기가 무척 어려웠으나 하늘이 저를 도와 혈곡으로 오도록 인도한 듯합니다."

구세경은 머리를 조아리고 품에서 천보갑을 꺼내 건넸다. 단천우는 조심스럽게 받아 들었다. 드디어 천보갑이 수중에 들어왔다. 전 강호가 발 아래 내려다보이는 듯했다.

그때 뒤쪽에 있던 모진호가 다가오더니 귓속말로 단천우에게 속삭였다. 단천우는 하마터면 깜빡 잊을 뻔했다는 표정을 짓고 구세경에게 말했다.

"사대비서는 가지고 왔느냐?"

구세경은 이미 그런 질문을 예상하고 있었던 터라 당황하지 않고 차분히 말했다.

"천보갑을 가지고 급히 나오는 바람에 사대비서를 챙기지 못했습니다. 특히 근래 들어 사부는 한 달에 한 번씩 사대비서를 넣어두는 금고의 열쇠를 다른 곳에 숨겨두는 바람에 전혀 기회를 엿볼 수가 없었습니다. 저로선 한시 바삐 천보갑을 곡주님께 바쳐야겠다는 마음으로 달려온 터라……."

그 대답에 단천우가 크게 고개를 끄덕였다.

"으음, 하긴 사대비서가 제아무리 대단하다고 해도 금환신공에 비할 바가 있겠느냐. 됐다."

머리를 조아린 구세경은 아무도 모르게 만족의 미소를 입가에 지었다.

'모든 것이 내가 생각했던 대로다. 이제 난 혈곡의 십대고수가 되어 강호를 주름잡으리라.'

"너의 공로는 가히 무엇과 견줄 만한 것이 없을 정도로 대단하다 하겠다. 이제 약속대로 널 혈곡으로 보내 특별 관리를 해주겠다."

"그저 감사할 따름입니다."

"혈곡에 널 보내기 전 마지막으로 물어볼 말이 있다."

구세경은 마지막이라는 말이 약간 걸렸다. 말의 앞뒤를 보건대 곡주는 지금 혈곡으로 돌아가지 않을 것 같은데 왜 영영 돌아오지 못할 사람처럼 마지막이라고 하는지 불안했다.

'설마 곡주께 무슨 변고라도 생긴 것은 아닐까?'

하지만 그는 내색하지 않고 답했다.

"말씀하십시오."

"천보갑을 열기 위해 악풍은 백미마군을 찾아간 것으로 안다. 아마 시간이 있었다면 백미마군이 천보갑을 열 수 있었을지 모를 일이었는데 아쉽기 그지없구나. 너는 그의 수제자로서 천보갑을 열 수 있겠느냐?"

"죄송합니다만 아직 그런 능력은 되지 않습니다."

실제 구세경은 오는 길에 천보갑을 열어보려 시도해 봤었다. 하지만 자신의 힘으로 될 것이 아니라는 것을 깨닫기만 했을 뿐이었다.

단천우는 무겁게 고개를 끄덕였다.

"역시 그렇지."

그리고 이어 흑면조객 포양을 바라보며 말했다.

"너는 구 대협을 데리고 혈곡으로 가라. 깍듯이 모셔야 할 것이다."

'헉! 구 대협이라니!'

구세경으로서는 자신의 귀를 의심해야만 했다. 천하의 혈곡 곡주의 입에서 대협이라는 말이 튀어나오고 깍듯이 모시라는 말이 나온 것이다. 믿을 수 없는 말이었지만 이미 가슴은 진탕될 정도로 흥분되었다.

"네, 분부대로 따르겠습니다."

흑면조객 포양은 저승사자같이 싸늘한 얼굴을 하고 있었는데, 그의 별호처럼 그가 다가오기라도 한다면 곧바로 그날이 제삿날이 될 것 같은 분위기였다. 하지만 그런 얼굴일수록 같은 편이라 생각하면 더욱 든든해 보이기도 하는 것이 아니던가.

포양은 성큼 다가와 구세경 앞에 이르더니 손을 쭉 뻗어 머리를 낚아채서 바닥에 팽개쳤다. 구세경으로서는 마른하늘에 날벼락이 아닐 수 없었다. 어찌 이런 끔찍스런 일이 일어날 수 있단 말인가.

"무, 무슨 짓이오?!"

구세경이 놀라 혈곡의 곡주 단천우와 주변 인물들을 살펴보았지만 그들의 입가엔 비릿한 미소만이 남아 있을 뿐 전혀 안중에도 없는 모습들이었다. 다시 흑면조객 포양이 채찍으로 그의 다리를 휘감았다. 살을 가르는 듯한 통증이 다리에 이어지고 흑면조객 포양은 그렇게 구세경을 끌고 갔다.

"뭔가 착각을 하고 있는 듯한데 난 구세경이오! 천보갑을 가져온 구세경이란 말이오!"

포양의 입이 싸늘하게 열렸다.

"앞으로 한마디 꺼낼 때마다 참을 수 없는 고통을 안겨주겠다."

"나는 혈곡의 십대고수가 될 몸이란 말이오!"

그 말이 떨어지기 무섭게 포양은 발걸음을 멈추고 채찍을 풀어 십대고수라는 말에 맞추려고 했음인지 정확히 열 대를 내갈겼다.

살이 뜯기고 피가 튀었다. 구세경은 거의 혼절할 정도로 고통스러웠지만 그보다 마음이 더 아팠다. 세상이 어찌 된 것이란 말인가.

"너는 분명 혈곡으로 간다."

비릿한 미소를 지은 후 포양이 말을 이었다.

"너는 그곳에서 죽을 때까지 머물게 될 것이다. 그곳은 바로 혈광뇌옥이라는 곳이지. 크하하!"

혈광뇌옥이라면 혈곡에서 가장 잔악한 죄인들을 가두는 지하 6층 아래 둔 뇌옥이었다. 죽음의 땅인 것이다.

하늘이 빙글빙글 돌았고 땅도 돌았고 구세경의 머리도 돌아버릴 것 같았다. 사부를 배반한 대가는 죽는 그날까지 고통받으며 뇌옥에 갇혀 있어야 하는 것이다.

두 번째 행운을 맞았다고 생각했으나 그것은 결코 행운이 아니었다. 그가 첫 번째 행운을 버리지만 않았어도 그는 남은 인생을 평안히 보낼 수 있었을 텐데…….

그는 욕심으로 인해 돌이킬 수 없는 길을 가게 된 것이다.

서서히 멀어지는 구세경의 몰골을 보며 단천우는 혀를 찼다.

"미련한 놈, 혈곡이 그리 만만해 보이더란 말이냐. 혈곡은 결코 배신자를 용납하지 않는다. 크크크크……."

그는 다시 수하들을 쭉 둘러보며 힘있게 말했다.

"좋다. 이젠 곤륜이다."

17장
곤륜으로 모여드는 군웅들

곤륜으로 모여드는 군웅들

이 못난 소자를 용서하십시오.
제 아들에게 말했습니다.
할아버지는 훌륭한 무인이었으며
할아버지는 진정 우리를 사랑했다고 말입니다.
앞으로의 삶도 아버지 보시기에 기쁜
가정이 되겠습니다.

—곤륜에서 오유태.

곤륜산 동쪽 기슭에 작은 언덕 위로 오유태의 가족은 지는 석양을 바라보며 한껏 여유로운 시간을 보내고 있었다.
이제 30대 중반에 접어든 오유태는 그의 아내 연설하와 어깨를 나란히 하고 서쪽 하늘을 바라보았다. 가끔씩 이렇게 언덕에 올라 하늘을 바라볼 때면 온 세상은 풍요롭게 다가왔다.
 그들 뒤로는 이제 열두 살이 된 아들 후가 풀을 만지며 손장난을 하고 있었는데 부부의 모습과 아들의 모습이 잘 어울려 멀리서 바라본다면 분명 한 폭의 멋진 그림을 연상할 수 있을 듯했다.
 오유태의 얼굴은 이미 떠난 건곤진인 오비원의 얼굴을 꼭 닮아 있었다. 오비원의 얼굴에서 주름을 거두고 피부를 젊게 한다면 바로 오유태의 얼굴이 되지 않을까 싶을 정도였다. 하지만 몸에서 뿜어나는 기상은 오비원과는 달리 자연인으로서의 기운이 흘러나오는 차이랄 수 있을 것 같았다.
 그리고 그의 아내 연설하는 평범함에 현숙함이 깃든 얼굴을 하고 있었는데 유난히 눈동자가 맑고 투명했다.
 한순간 황혼처럼 평온해 보이던 오유태의 눈살이 살짝 찌푸려졌다. 저 멀리 보이는 가옥 근처로 십여 명의 강호인이 접근하는 것을 본 것이다. 그들 신법의 빠름이 가히 절정에 이르러 있어 보통 무인들이 아니라는 것을 알 수 있었다.
 '으음······.'
 만일 그들이 적이라면, 거기에 어떤 목적을 가지고 자신의 거처로 찾아온 것이라면 저들의 무공 실력으로 볼 때 결코 좋은 결과가 나올 것 같지는 않았다.
 불길한 예감이 그의 가슴을 휘돌았다. 이곳은 누군가가―그것도 절정의 고수가―아무 까닭 없이 지나갈 만한 지형이 아니었다.
 '혹시 천선부에 무슨 문제라도 생긴 것인가?'
 제일 먼저 떠오른 것은 역시 천선부였다. 적들이 천선부에 대항하기 위해 자신의 가족을 인질로 삼으려 하는 것일지도 모른다는 생각이 들었다.
 또 다른 생각이 들어 그는 손으로 목을 매만지며 천보갑의 열쇠를 확인했다. 어쩌면 이것을 빼앗기 위해 몰려온 것인지도 몰랐다.
 '어떤 경우든 좋은 일은 아닐 것이다.'
 "손님이 집으로 찾아오는 것 같으니 이곳에서 후와 함께 기다리도록 해."
 오유태는 마음과는 달리 크게 대수롭지 않은 일인 듯한 목소리로 아내에게 말했다. 하지만 여자의 육감은 그리 녹록한 것이 아니었다. 그녀는 짧은 말속에서도 무언가 불안함을 발견했다.
 "좋지 않은 일인가요?"
 "아니, 전혀……."
 오유태가 미소 지으며 걱정을 덜어주고 말을 이었다.
 "좋지 않은 일은 아니겠지만 만약 좋지 않은 일이라면 좋은 일로 만들고 올게. 내가 올 때까지 다른 곳에 가지 말고 이곳에 있도록 해."
 연설하는 여전히 불안했지만 그걸 다 드러낸다고 해서 문제가 해결될 것이 아니라는 것을 알기에 미소로 화답하고 고개를 끄덕여 주었다. 언제나 기대를 저버리지 않는 남편이었다. 그리고 약속을 꼭 지키는 남편이기도 했다.
 오유태도 힘차게 고개를 끄덕이고 신법을 전개해 언덕을 내려갔다. 비록 그가 천선부에서 20여 세가 되었을 즈음 나왔지만 이미 그 당시에도 상당한 수준에 도달해 있었고 곤륜으로 오고 난 뒤에도 꾸준히 무공 수련을 한 터라 누구라도 함부로 할 수 없는 실력을 갖추었다.
 그는 불청객들보다 먼저 거처 가까이에 이르러 불청객들의 신원과 의도를 파악하고자 일단 몸을 은신했다.

얼마 지나지 않아 어느덧 십여 명의 무림인들은 집 앞에 도달해 있었다.

그들의 목소리가 들렸다.

"이곳이 확실합니다."

"초라하지도 않고 화려하지도 않고 단아한 거처로군요."

"녀석의 성격을 그대로 나타내고 있는 듯합니다."

대화를 나누는 소리를 귀 기울이던 오유태의 얼굴에 의아함이 가득 떠올랐다.

'저 목소리는… 설마……'

그가 설마 하고 있을 때 그의 귓가로 제법 큰 음성이 들렸다.

"유태, 큰형이 왔다! 너는 안에 있느냐?"

이미 목소리를 듣고 설마설마 하던 오유태는 깜짝 놀라지 않을 수 없었다.

'큰형님!'

확실했다. 벌써 15년이 지났지만 큰형의 목소리는 여전했다.

'무슨 일로 이 먼 곳까지 오신 것일까?'

오유태는 일단 긴장을 풀고 앞으로 나섰다.

"진정 형님이십니까?"

목소리의 주인공은 천선부주 오경운과 구파일방의 장문인들이었다. 그들은 곤륜으로 오는 도중에 개방의 힘을 빌어 전국 각지에 천보갑을 개봉하겠노라고 방을 붙여놓았다.

예정된 날짜는 더 남았지만 발걸음을 서두를 수밖에 없는 것이 오유태의 가족들을 그동안은 철저히 보호해 주어야 했기 때문이다. 더불어 지금 이 자리에는 십여 명뿐이었지만 사실은 이곳에서 약간 떨어진 곳에 구파일방의 정예 고수들이 대기하고 있었다. 갑작스레 한꺼번에 들이닥치면 당황스러워할 수도 있으리라 생각해 먼저 대표로 십여 명만 오게 된 것이다.

반가운 얼굴로 대하는 오유태를 오경운이 함박웃음을 지으며 손을 맞잡았다.

"잘 있었느냐?"

건곤진인 오비원이 추상같은 명령을 내려 쫓아낸 후 자식으로도 생각지 않겠다고 단언한 말 때문에 같은 형제들 간에도 오유태에 대해 말하는 것이나 혹여 만나러 가는 것은 금지되었었다. 그러던 차에 이렇게 얼굴을 마주하게 되었으니 감회가 남다를 수밖에 없었다.

두 사람은 잠시 말없이 서로를 바라보았다.

이젠 버젓한 한 집안의 가장이 되어 있는 동생을 바라보며 오경운은 가슴이 따뜻해짐을 느꼈다. 사실 이곳까지 오는 동안 그의 마음은 결코 편하지 않았다. 오히려 못내 서운하기 그지없었다. 그건 아버지에 대한 서운함과 넷째 동생에 대한 작은 질투였다. 원래부터 천선부주의 자리 따윈 관심도 없었던 오경운이 아니었던가. 하지만 그가 아니면 안 될 상황이 되어 천선부주의 자리에 오르고 나름대로 열심히 노력하려고 했었다. 하지만 아버지는 은밀히 천보갑을 넷째에게 보내 다른 계획을 세우셨다고 생각하니 마음이 찢어질 듯 아팠다.

그러나 지금 이렇게 동생을 마주 대하고 있자니 오는 동안에 품었던 생각들은 눈 녹듯이 녹아버렸다. 애초부터 그런 생각들이 없었던 것 같은 느낌이랄까.

짧은 시간, 말이 오가진 않았지만 두 사람의 눈동자로는 수천 마디의 말이 오간 것 같았다.

오유태는 형으로부터 아버지의 부음에 대해 듣고 오열했다.

왜 진작 용서를 빌지 못했나.

왜 나는 자존심만 내세웠단 말인가.

왜 다시 한 번 무릎 꿇고 눈물로 호소하지 못했던가.

아마도 기다리고 또 기다리시다 슬픈 마음으로 마지막 호흡을 들이키셨을 것이다.

'아버지, 용서하십시오.'

오유태는 천선부가 위치한 방향으로 무릎을 꿇고 큰절을 올렸다. 그 옆에는 어느새 다가온 그의 아내 연설하와 이제 철이 들기 시작한 아들 후가 함께 큰절을 올렸다.

그렇게 세 사람은 숭고한 의식으로 뒤늦은 인사를 드리고 무릎 꿇은 자세로 말했다.

"아버지, 부족한 이 못난 놈이 가정을 꾸리고 처와 아들과 함께 인사 올립니다. 부디 저 먼 곳에서라도 저희를 용서해 주십시오."

그 광경을 지켜보는 정파 인사들의 마음에도 애틋한 마음이 피어올랐다. 이 세상에서 가장 강한 끈이라면 부모와 자식의 관계가 아니겠는가.

그 다음 오유태는 천보갑에 대한 소식을 듣고 깜짝 놀랐다. 천선부에서 쫓겨나면서 유일하게 가지고 있었던 것이 천보갑의 열쇠였다니. 그때는 무슨 의미인지 몰랐었다. 그저 단순히 하나의 상징적인 의미로 그나마 연결되어 있음을 의미한다고만 생각했었다. 그렇기에 이처럼 마지막 유물로써 자신에게 보내질 것을 생각지 못한 오유태로서는 마음이 찢어질 듯 아팠고 아버지의 마음을 먼저 풀어드리지 못한 것이 아쉽기만 했다.

하지만 오유태는 이 천보갑에 대한 미련은 전혀 가지고 있지 않았다. 큰형 오경운과 독대한 자리에서 그가 진술하게 말했다.

"형님, 아버지께서 제게 천보갑을 보내신 것은 그만큼 저를 아끼셨다는 마음을 보여주고 싶으셨기 때문이라 생각합니다. 거기에 대단한 것이 들어 있다면 분명 제가 그것을 들고 다시 천선부로 돌아갈 수 있는 공간을 두려 하심이지 결코 제게 천선부를 잇게 하겠다는 뜻은 아닐 겁니다. 그저 저로선 아버지께서 저를 잊지 않으셨다는 것만으로도 너무 기쁘고 감사할 따름입니다."

오유태의 진솔한 마음만큼이나 오경운의 마음에도 전혀 악의가 없었다.

"아니야, 네가 천선부에 있을 때 이미 아버지는 널 다음 부주로 내재하신 상태였었다. 이번에 천보갑을 보내신 데는 너를 다시 천선부로 불러들이고 그 안에 들어 있는 최고의 무공으로 훌륭한 부주가 되길 바라셨던 것일 게다. 너는 이번만큼은 아버지의 깊은 뜻을 저버려선 안 될 것이다."

이건 오경운의 진심이었고 이것이 아버지의 뜻을 받드는 것이라고 생각했다. 그 말을 들은 오유태가 길게 한숨을 내쉬며 답했다.

"휴~ 그건 형님께서 아버지를 잘못 생각하고 계신 겁니다."

"무엇이 말이냐?"

"아버지께서는 천하제일고수라 칭함을 받았고 정파의 선봉장이셨지 않습니까?"

"그렇지."

"한 입으로 두말하실 분이 결코 아니십니다. 그런 아버지시기에 저를 후일을 위해 안배해 두시고 형님을 세우는 일은 하지 않으신다는 겁니다. 그러니 그런 약한 소리 하시면 하늘에서 아버지가 매우 서운해하실 겁니다."

그 말이 맞는 듯했으나 오경운의 입에선 길게 한숨이 새어 나왔다. 아직 그 무엇도 확인된 것은 없다. 천보갑이 열리게 되면 모든 것이 밝혀지리라.

18장
침입자들

침입자들

 정도무림맹의 결정에 따라 전국 각지엔 대대적으로 천보갑에 대한 방이 나붙었다. 대부분의 강호인들은 소문으로 떠돌던 천보갑을 찾아 눈에 불을 켜고 있는 터였던지라 곤륜에서 모여 천보갑을 개봉한다는 방의 내용은 그들의 온몸과 마음을 자극하기에 충분했다.
 그들은 세상을 놀라게 할 보물을 구경하기 위해 짐을 꾸려 곤륜으로, 곤륜으로 향했다.
 하지만 사람들의 얼굴이 다 각기 다르고 지문의 꺾이고 휜 방향이 다 다르듯 모든 사람들이 그 내용을 다 신뢰한 것은 아니었다. 순수하게 믿기엔 이미 강호엔 수많은 소문들이 떠돌았었고 뭐가 뭔지 도무지 알 수 없을 정도로 거짓 정보들이 범람하고 있었던 것이다.
 대충 몇 가지 헛소문만 살펴봐도 믿지 못하는 사람들의 마음을 이해할 수 있을 것이다.

―지금까지 천보갑을 차지하려다 죽은 사람의 숫자가 십만 명을 넘기고 있다.
―천보갑이 낙양에 나타났고 그것을 차지하기 위해 수많은 고수들이 나타나 혈투를 벌였다. 피투성이로 승리를 쟁취하고서 그것을 자세히 들여다보니 그것은 천보갑이 아니라 천모갑이라는 것이었다.
―비가 억수로 쏟아지던 날 용이 하늘로부터 내려와 천보갑을 빼앗아 달아났다.
―천보갑은 그 안에 비급이 들어 있는 것이 아니라 그 안쪽 면에 무공이 적혀 있는 것이다.

이런 내용 외에도 수없이 많은 거짓 소문들이 퍼졌던 터라 거기에 질린 사람들은 이런 무림맹의 벽보도 거짓이라고 믿었다. 그런 사람들이 모여 주루에서는 천보갑을 안주 삼아 씹어대느라 정신이 없었다.
"또 어떤 미친놈이 심심했던 게야. 암."
"훙, 그렇지. 이런 것들은 다 허세라구. 시간도 많지, 이런 장난이나 저지르고 다니고 말야."
"그러게 말이네. 하여튼 요즘 것들은 할 일도 없단 말이여."
"곤륜에 또 떨거지들만 잔뜩 모여들겠군."
"크크, 지난번 낙양의 사건을 생각해 보게. 그때 결과가 어땠느냔 말이네. 천모갑이었잖아. 이번엔 아마 천부갑이라고 적혀 있을걸? 클클클."
"쯔쯧, 이번에도 괜한 시비가 붙어 몇 놈이나 죽을는지……."

"그러게 말이네. 에고, 저기 저놈들도 곤륜으로 가는가 보군."

그들은 주루 이층에서 삼삼오오 짝을 이루어 톡 쏘는 술 한잔에 천보갑을 씹으며 문득 밖을 바라보다가 바쁘게 말을 타고 달려가는 십여 명의 무사들을 발견했다.

누가 먼저랄 것 없이 혀를 찼다.

"쯔쯧."

"미친놈들."

"맞아."

"하여튼 정신없는 놈들 같으니……."

서로 맞장구치는 그들은 술을 홀짝거리며 무사들이 멀어져 가는 뒷모습을 계속 바라보았다. 그들은 큰 소리로 모조리 쓸데없는 짓거리라며 말하고 있었지만 그들의 눈가와 마음엔 곤륜으로 떠나는 그들에 대한 부러움이 넘실댔다.

그들의 달관한 듯한 말투는 그저 곤륜으로 갈 수 없는 자신들의 비루한 처지와 여건 때문이었다. 실제로는 그들도 어찌 가고 싶은 마음이 없겠는가. 차지하지는 못할망정 구경만이라도 하고 싶은 마음은 굴뚝같았다.

하지만 어쩌랴.

인생사 마음대로 하고 살 수 없는 처지가 있는 것이니 그저 술 한잔에 마음을 달래는 수밖에. 그들은 그렇게 서로의 마음을 들키지 않으려는 듯 연신 술을 넘기면서 허세를 부려댔다.

거의 대부분이 이런 마음을 가졌지만 진짜로 믿지 못하는 무리들도 있었다. 주로 믿지 못하는 무리들이 사는 지역은 곤륜산 쪽에 터전을 둔 사람들이었다.

원래 사람이 살아가는 이치가 그러한 듯하다. 자신이 살고 있는 곳 부근에 있는 명승지나 명산, 혹은 명물들은 그리 대단하게 느껴지지 않는다는 점이다. 물론 예외도 있겠지만 대부분은 그런 경향을 띠게 된다.

다른 지역에서는 먼 길을 달려 구경하러 오고 감탄하지만 그곳에 실제 살고 있는 사람들은 어릴 적부터 쭉 보아왔던 것이어서 너무 눈에 익숙해져 별반 대단해 보이지 않고 또 언제든지 마음만 먹으면 갈 수 있다는 생각 때문에 외지 사람들보다도 구경하는 횟수가 적을 때도 있다.

그래서 정작 관광을 하러 갈 때면 사는 곳에서 멀리 떨어진 곳으로 가서—자기 지역 명물보다 훨씬 못한 것임에도 불구하고—구경을 하고선 '오오… 대단한걸' 이라고 감탄하며 가치를 부여한다.

그런 관점은 사람과 사람 사이에도 자주 나타난다. 너무 가까이 오랫동안 함께하다 보면 진정 소중한 존재를 소중하다 여기지 못하고 그저 새로운 사람에 대한 호기심에 마음을 빼앗길 때도 있는데 그런 모든 것들이 소중한 것을 바로 보지 못하는 어리석음이라 하겠다. 이런 이치로 천보갑을 개봉하는 대사건이 곤륜에서 일어난다는 벽보가 나붙게 되자 곤륜산 동쪽 밑 마을을 근거지로 삼고 있는 곤륜사인방은 울화통을 터뜨렸다.

이들은 곤륜사인방이라는 멋진 이름을 가지고 있긴 했지만 정작 제대로 부른다면 '곤륜의 네 무뢰배 놈들', 혹은 '곤륜의 양아치들' 이라고 불러야 했다. 하지만 어느 누구라도 양아치의 '양' 자나 무뢰배의 '무' 자만 꺼내도 난리를 치는 탓에 그들을 알고 있는 사람들은 모두가 곤륜사인방이라고 불렀다.

이들에게 있어 천보갑은 그저 '천보갑 따위'라고 불러야 제격인 물건에 불과했다. 이런 헛소문을 곤륜에 퍼뜨린 것은 필시 이곳 건달패의 힘을 약화시키려는 제삼 세력의 개입이라고 판단했다. 그들로서는 결코 자신들의 텃밭을 넘길 수 없는 노릇이었다.

사인방 중 우두머리인 구암이 비분강개한 목소리를 발했다.

"야, 너희들은 이 사태를 어떻게 생각하느냐?"

그는 이제 서른일곱 살로 이마에 일자로 길게 흉터 자국을 가지고 있었고 귀가 유난히 작았는데 일반인들의 귀에 절반 정도밖에 되어 보이지 않았다. 그런 까닭에 뒤통수를 바라보면 귀가 작아 호인일 것이라 예상되지만 막상 앞에서 바라보면 긴 흉터 자국으로 인해 누가 보더라도 인상은 흉악범 그 자체였다.

그의 특기는 이마에 흉터를 짐작해도 쉽게 알 수 있을 것인데 그건 박치기였다. 몸 상태가 좋을 때는 큰 소하고 머리를 부딪쳐 소를 기절시키기도 할 정도로 놀라운 돌머리라 할 수 있었다. 아직까지 양아치들 중에서 그의 머리보다 더 센 놈은 없었다.

구암이 얼굴을 찡그리고 말하는 통에 지렁이처럼 흉터가 쭈글쭈글 거렸는데 그 이마를 살짝 바라보다가 사인방 중 서열 이위인 둘째 천붕이 말했다.

"정말 큰일입니다, 형님. 이 괴상한 짓거리로 인해 사방의 양아치들이 다 몰려오지 않겠습니까?"

천붕의 말에 서열 삼위인 셋째 두위종도 맞장구를 쳤다.

"이렇게 보고만 있어선 안 됩니다. 우리 곤륜사인방의 무서움을 보여줘야 하지 않겠습니까?"

"아무렴요. 절대 이렇게 좌시해선 안 됩니다요."

역시 넷째 엽상도 말을 보탰다.

아우들의 열성적인 지지의 말을 듣자 첫째 구암의 양손에 가득 힘이 들어갔다.

"좋다. 가서 손 좀 봐주고 오자. 애들을 집합시켜라."

"알겠습니다."

곤륜사인방의 결의로 마을엔 비상이 걸리고 어지간한 건달들은 모조리 비상 소집되었다.

힘깨나 쓸 것처럼 보이는 건달로부터 시작해서 비리비리한 놈들, 그리고 이제 십이삼 세 정도밖에는 되어 보이지 않는 소년들까지 모조리 불러들인 것이었다.

결의를 다질 때만 하더라도 한주먹에 산악을 부술 것처럼 비분강개했던 그들 곤륜사인방은 한 명이라도 더 모아야 한다는 듯 초조한 눈으로 한 명 한 명 인원을 점검했다. 개중엔 집으로 가는 도중 느닷없이 잡혀 '너, 힘 좀 쓰겠구나' 라는 말을 듣고 얼떨결에 잡혀온 이들도 있었다.

어쨌든 일단 숫자는 많고 봐야 하는 것이다.

"다 모였냐?"

첫째 구암의 말에 절반 정도가 큰 소리로 답했다.

"네, 대장님."

"목소리가 작다. 다 모였나?"

구암이 이마의 지렁이를 다시 꿈틀대며 말하자 그제야 일제히 우렁찬 대답이 들렸다. 일명 지렁이 효과였다.

"네!"

"좋아. 너희들은 아무 염려 하지 않아도 된다. 늘 하던 대로 할 것이다. 사실 싸울 필요조차 없다. 간단히 시범만 보이면 놈들은 바지에 오줌을 지리며 무릎을 꿇게 될 것이니 말이다."

"맞습니다!"

다시 한 번 큰 대답 소리가 터져 나왔다. 그들 대부분은 곤륜사인방의 무서움을 잘 알고 있었다. 어지간한 놈들은 시범만으로 간단히 제압하는 그들이었다. 어찌 보면 무작정 싸우려 하는 무식함을 보이지 않아 이런 비상 소집도 괜찮은 볼거리를 제공한다고 해야 옳았다.

약 50여 명의 인원. 처음에 그들은 마치 군인처럼 간격을 맞춰 뛰어갔다.

척척척척.

맨 앞의 곤륜사인방을 따라 뛰는 모습은 질서 정연해 그것만으로도 보통의 상대라면 기가 죽을 것 같았다. 지나는 길에 마을 사람들이 수군거리는 소리가 들렸지만 이럴 땐 인내심을 가지고 무시해야 한다는 것도 알았다.

"저것들, 또 애들 데리고 패싸움하러 가는 거 아냐?"
"하여튼 나잇살 처먹어도 여전해."
"그게 인생이 낙인 걸 어쩌겠나."

엄청 얼굴이 화끈거렸지만 못 들은 척하는 대인의 마음을 가져야 했다. 따지며 시비를 붙이기엔 이번 출동은 예사로운 것이 아니었다.

'나중에 보자. 으음……'

중간 정도쯤 갔을 때는 뛰지 않고 야무지고 씩씩하게 큰 보폭으로 성큼거리며 걸었다. 그 걸음과 기세로만 본다면 강호고수들의 그것과 다를 게 없는 발걸음이라 할 만큼 장엄한 기운이 느껴졌다.

'내 고장은 내가 지킨다!'

대충 이런 열정이 엿보이는 걸음걸이였다.

그러던 중 그들의 발걸음은 점점 목적지가 가까워질수록 수그러들었고 다시 잰걸음으로 변했으며 거의 접근했다 싶을 땐 아예 처음 기세는 온데간데없이 사라지고 엉거주춤 숙인 자세로 여러 큰 바위들이 나열된 그 뒤편으로 몸을 숙였다.

곤륜사인방 중 첫째 구암이 숨소리마저 죽인 채 긴장된 손동작으로 모두 바닥에 엎드리라고 신호를 보냈다. 구암은 적들이 약 20여 장(약 66미터가량) 떨어진 곳에 있음을 얼핏 본 상태였다.

'으음… 이번에는 무사히 일을 마치도록 하자.'

구암은 살짝 소매를 걷어 지난번 싸움에서 입은 상처 자국을 살펴봤다. 팔꿈치 아래 검지손가락만한 길이로 칼에 맞은 자국이 그어져 있었다.

그의 뇌리로 두 달 전의 일이 떠올랐다.

비가 추적추적 내리던 밤이었다. 그 밤에 곤륜산 서쪽에 위치한 사갈파가 기습을 해왔었다. 하지만 곤륜사인방이 누구던가. 그들은 열악한 조건 속에서도 불 같은 힘을 발휘해 끝내 격퇴시켰다. 그리고 받은 선물이 바로 팔꿈치 아래쪽의 상처와 사타구니 바로 밑 허벅지에 톱으로 긁혀 살이 파헤쳐진 상처였다. 톱이 제대로 파고들지 않았기에 망정이지 잘못되었다면 어찌 되었을지 상상조차 하고 싶지 않았다. 톱을 무기로 쓰는 놈의 갈빗대를 세 개 부러뜨린 것으로 끝냈지만 그 후 생각해 보니 그건 너무 약하지 않았었나라는 생각이 들었다.

지금은 모두 아물었지만 그날 밤은 참으로 위험천만이었다.

'그때처럼 오늘도 난 반드시 승리한다!'

구암은 그렇게 다짐하고 이 장여 떨어진 곳에서 겁먹은 표정을 짓고 있는 이제 12살인 막여성을 눈짓으로 불렀다.

막여성은 공부를 잘하기로 소문났고 특히 상황을 표현함에 있어서 탁월했다. 그래서 이런 격전을 벌이기 전 망을 보거나 적의 동태를 파악할 때는 꼭 필요한 녀석이었다. 또한 나이가 어리다는 것은 또 다른 이점이 있었는데 망을 보다가 걸려도 전혀 건달같이 보이지 않아 그냥 넘어갈 소지가 많다는 것이었다.

눈짓을 받은 막여성이 마지못해 고개를 빼꼼이 내밀고 적을 찾아갔다.

'헉! 이건 뭐지? 아무도 없잖아.'

그는 여기저기 자세히 살핀 후 다시 고개를 내리고 구암에게 본 것을 설명하기 시작했다.

"대장님, 뭔가 이상합니다."

"뭐가 말이냐?"

구암의 눈이 불안하게 흔들렸다.

"그게 그러니까… 적이 안 보입니다."

"뭣이라? 그럴 리가 있나."

"그러니까 제 말씀은 양아치나 건달들이 안 보인단 말입니다. 대체로 대장님 같은 복장을 하고 있어야 양아치들이잖습니까?"

"그렇지."

상당히 불량스런 발언임에도 불구하고 구암은 상황이 상황인지라 전혀 감지하지 못했다.

"근데 다 거지들뿐입니다. 그것도 진짜 거지라굽쇼. 거기다 개까지 한 마리 있는걸요."

"거지라고?"

거지라는 말에 잔뜩 긴장했던 구암의 얼굴이 확 펴졌다.

"정말이냐? 하하, 거지 녀석들이 버르장머리없이 나타났더란 말이지."

그는 의기양양하게 뇌까렸다. 하지만 아직은 정확하게 파악되지 않은 터라 조심스럽게 바위 위로 고개를 내밀고 주변 상황을 파악했다.

'허허, 정말이네.'

그의 눈에 저만치 거지 다섯 명이 뭐라고 주절대는 것이 보였다. 거지 세 명이 바닥에 느긋하게 드러누워 있었고 호리병을 주렁주렁 세 개씩이나 매단 젊은 거지가 아직 어린 거지에게 뭐라고 하고 있었다. 그러다 문득 누워 있던 거지들 중 하나가 손짓으로 가리키는 것이 보였고 그러자 여러 거지들이 자신에게 시선이 향하다가 반갑다는 듯 손을 흔들어 인사를 했다. 그것을 보고 그는 얼른 고개를 숙여 바위 밑으로 몸을 감췄다.

'저것들이 반갑다고 손짓하는 것에 넘어가면 나중에 후려팰 때 마음이 약해지게 되지. 모질어야 해.'

구암이 사인방의 아우들에게 살펴보라고 하자 그들도 모두 고개를 내밀고 바라보았다.

그들은 모두 만족스러운 미소를 지었다.

'호호호, 이거 아무것도 아니잖아.'

'쳇, 싱거운걸.'

'김빠지긴 하지만 여기까지 왔으니 몸은 풀어야겠지. 거지 놈들 잘

못 걸렸다.'

　오유태의 거처를 중심으로 철통같은 경비가 이루어졌다. 약속한 날이 되기 전에 열쇠를 탈취하려는 무리가 있을지도 모르는 일이라 경계를 게을리 해선 안 되는 것이었다. 각 문파 별로 그 위치를 정했는데 가장 많은 인원이 참여하고 고수가 가장 많은 곳은 개방이었기에 개방은 일단 외벽 전체와 중앙 등을 분할해서 맡아 경계를 섰다. 핵심이 되는 집 주위는 장문인들이 주축이 되어 가히 철옹성을 이루고 있었다.

　바깥쪽 수비를 맡고 있는 개방 분타주 당문천이 옆에서 팔베개를 하고 드러누운 묘진에게 말했다.
　"이보게, 저기 저놈들 설마 이곳으로 오는 것은 아니겠지?"
　묘진이 눈을 들어 50여 명 정도 슬금슬금 다가오는 것을 발견하고 대수롭지 않다는 듯 답했다.
　"놀러 나온 녀석들인가 본데요."
　같은 분타주여도 당문천의 나이가 십여 살 더 많은 까닭에 묘진은 존대해 주는 것을 잊지 않았다. 게다가 과거 명성이 자자한 당문의 문주가 아니었던가.
　"으음… 그렇지, 발걸음을 봐선 말야. 귀찮게만 하지 않으면 좋겠군."
　두 사람이 본 것은 바로 곤륜사인방과 그 패거리들이었다. 두 사람이 대수롭지 않게 여기면서도 나름대로 경계의 눈으로 바라보고 있던 때에 표영이 제갈호와 지문환, 그리고 제자 혁성을 데리고 나타났다.

"어어… 아무 일 없겠지?"

당문천과 묘진이 자리에서 일어나 표영에게 예를 취하며 답했다.

"저쪽에 마을 청년들이 단합대회를 하러 온 건지 바위 뒤편에 몸을 웅크리고 있는 것 빼고는 아무 일도 없습니다."

"그래?"

표영이 그쪽을 바라보자 바위틈에서 머리 하나가 불쑥 올라왔다. 이제 12세인 소년 막여성의 얼굴이었다. 어린아이인 걸 확인하고 표영이 무슨 대단한 걱정을 가진 듯 턱을 쓰다듬었다. 그 모습에 묘진이 궁금함을 참지 못하고 물었다.

"방주님, 무슨 고민이라도 있으십니까?"

"고민이라… 그렇지, 고민이 있다마다."

표영의 뒤에 있던 제갈호와 지문환은 웃지 않으려고 애를 쓰는 듯 입을 가렸고 혁성은 얼굴이 붉으락푸르락해지다가 버럭 소리를 질렀다.

"사부님! 정말 그러실 겁니까? 여기까지 와서 또 왜 그러시는 거예요! 제가 그렇게 밉습니까? 정말 말로만 듣던 작은아버지를 만나고 또 동생을 만난 이 기쁜 자리에서까지 수련을 하라니요! 너무하시잖습니까? 게다가 이곳엔 정파의 고수들이 즐비하고 사람들의 눈이 모두 지켜보고 있잖습니까!"

"하하, 그래서 내가 이쪽으로 널 데리고 온 것 아니냐. 이 사부가 적당한 놈들을 고를 테니 너는 가만히 구경만 해라."

대화가 이쯤 되자 당문천이나 묘진도 무슨 고민인지 알아차리고 약간은 불쌍하다는 표정으로 혁성을 바라보았다.

"설마 아까 말씀하셨던 늑대를 잡아오겠다는 그 이야기를 하실 거라면 그건 안 돼요. 이곳을 이탈하면 안 된다고 사부님께서 먼저 이야 길 하셨잖습니까?"

 바로 표영의 고민은 혁성의 말대로 늑대를 불러오긴 와야겠는데 여건이 허락칠 않아 난처한 상태였다.

 대화가 그쯤 되었을 때 바위 뒤에 있던 구암이 빼꼼이 얼굴을 내밀며 바라보았고 표영은 반갑다는 듯 손을 흔들어주었다. 표영이 굳이 견치지겁을 해야 한다고 말한 것은 마음의 여유를 갖고자 함이었다.

 그렇게 화기애애한(?) 대화가 이뤄지고 있을 즈음에 곤륜사인방 패거리들이 바위에서 솟구치듯이 올라오며 한마디씩 내뱉었다.

 "이봐, 거기 거지 놈들. 여기가 감히 어디라고 네놈들이 깝죽거리는 것이냐?"

 "죽고 싶어서 환장한 게냐?"

 "네깟 놈들 때문에 강호에 안녕과 질서가 이루어지질 않는 거야. 응, 이 죽일 놈들아!"

 "오늘 혼구녕을 내주겠다!"

 그런 외침에 표영을 비롯해 모두는 어이가 없다는 듯한 표정으로 멍하니 바라보았다. 안 그래도 마음이 심난하던 혁성이 버럭 소리를 질렀다.

 "야, 이놈들아! 썩 꺼지지 못해! 여기가 어디라고 와서 날뛰는 거냐! 동네 창피하니까 어서 썩 꺼져라!"

 그 말이 끝나기가 무섭게 표영이 혁성의 뒤통수를 갈겼다.

 따악!

 "어디서 큰소리냐! 저 사람들이 무슨 죄가 있다고 난리를 치는 거냐!"

혁성을 나무라는 소리에 곤륜사인방 패거리들은 분통을 터뜨리기 일보 직전에 마음을 놓았다.
'그래도 생각있는 놈이 있었군.'
혁성을 뒤로 제치고 표영이 구암 쪽을 보고 말했다.
"너희들은 무슨 파냐?"
곁에 있던 제갈호나 지문환, 그리고 당문천과 묘진은 방주가 개입한 이상 굿이나 보고 떡이나 먹자는 심산으로 여유롭게 상황을 바라보았다. 별 대수롭지도 않는 건달들이 무슨 파든 하등 중요한 것이 아닐 텐데도 물어본 데는 분명 다른 뜻이 숨어 있으리라 생각했다.
구암이 이젠 좀 말이 통하는 놈이 나왔구나라는 표정으로 거만하게 답했다.
"우리는 그 유명한 곤륜사인방이다. 네놈들은? 으음, 물어보나마나 거지파라고 하겠지? 크하하하!"
구암은 자신이 말해 놓고도 웃긴지 뒤쪽을 돌아보며 아우들과 수하들을 보고 마음껏 웃어 젖혔다. 참으로 한심한 노릇이 아닐 수 없었다.
묘진과 당문천은 민망한 건지 따분한 건지 땅바닥에 쪼그리고 앉아 낙서를 하고 있었고 제갈호와 지문환은 실소를 머금었다.
"우리에 대한 소문은 들어보았느냐?"
표영이 이마에 손가락 하나를 꽂고서 고개를 살짝 옆으로 기울인 채 생각하는 척하며 고개를 가로저었다.
"뭣이라, 우리가 얼마나 무서운지 한 번도 들어보지 못했단 말이냐?"
표영이 힘차게 고개를 끄덕거리자 구암이 뭐 이런 것들이 다 있나는 듯 호들갑을 떨었다.

"넷째야, 어서 나와서 이놈들에게 시범을 보여주도록 해라!"

이런 일련의 과정은 그가 원하던 상황이었다. 그냥 무턱대고 싸우기보단 시범을 보여 상대를 놀라게 한 후 제압하는 것이다. 일이 잘 풀리게 되면 그냥 거저먹게 되는 것이니 이보다 더 좋은 것은 없었다. 지렁이도 밟으면 꿈틀댄다 하지 않았던가. 승리해도 상처받은 영광을 안고 싶지 않았다.

넷째 엽상이 튀어나와 먼저 몸을 풀었다. 앉았다 일어섰다를 다섯 번 정도 반복하고 또 두 손을 깍지 낀 채 앞으로 쭉 뻗었다가 모았다가 하면서 몸의 근육을 풀었다.

'무지하게 진지하네.'

'대관절 무엇을 보여주려고 저 지랄을 떠는 걸까나.'

'허허, 거참……'

표영이 워낙 기대된다는 표정을 하고 있는지라 다른 이들은 그저 속으로만 궁시렁거릴 뿐이었다.

긴장되는 순간 엽상은 몸을 다 풀었는지 긴 호흡으로 마무리하고선 갑작스레 몸을 공중으로 붕 띄웠다. 그리곤 공중에서 두 다리를 옆으로 쫙 벌리고 그 자세 그대로 지면에 착지했다.

찌익—

바닥에 닿으면서 바짓가랑이가 찢어지는 소리가 났다. 엽상은 순식간에 얼굴이 벌겋게 되었지만 그렇다고 이대로 일어설 수는 없는 노릇이었다.

"우읍……!"

그는 혼신의 힘으로 다리를 일자로 뻗으려고 노력했고 아직 지면과는 손가락 마디 하나 정도 간격이 있었다.
'조금만 더 힘을 내자!'
이를 악물고 다시 체중을 실어 몸을 내리자 다리가 확 찢어지며 온전히 일자를 이루었다. 참으로 지켜보기 안타까운 광경이 아닐 수 없었다. 혁성은 사부 표영과―놀란 듯 입까지 벌이고 있었다―다리를 찢고 있는 엽상을 번갈아 바라보며 어이없다는 표정을 지어 보였다. 엽상은 시뻘게진 얼굴로 숨을 몰아쉬었고 그 뒤로 패거리들의 박수가 쏟아졌다.
"야, 역시 대단하다, 대단해."
구암이 함박웃음을 지으며 칭찬과 격려를 보냈고 표영도 박수를 보내주었다.
"오호, 대단하군."
표영이 껄껄 웃으며 박수를 보내자 수하들도 일제히 박수를 쳤다. 진짜 웃긴 놈들이었다. 천보갑으로 인해 긴장이 감도는 곤륜에서 오랜만에 마음 편히 웃어볼 수 있는 시간이었다.
하지만 그 웃음에서 깔보는 것을 인식했음인가, 구암은 바로 셋째를 불렀다.
"두위종, 네가 확실히 보여줘라."
"네, 형님."
셋째 두위종은 미리 정해놓은 듯 건달들을 향해 손짓을 보냈고 건달 다섯이 벌떡 일어나 허리를 숙이고 일렬로 늘어섰다.
"잘 봐라. 아무도 건드리지 않고 저쪽으로 건너갈 것이다."
기가 막히다 못해 이젠 아예 귀엽게 보이기까지 했다.
두위종은 두 손을 앞으로 펼쳤다 접었다 했는데 그건 거리를 재는 한편 마음의 준비를 하는 것이었다.
"이얍!"
한소리 기합 소리가 터지고 그의 발이 잰걸음으로 움직이며 첫 번째 엎드린 건달 앞에서 톡 하고 발을 구르고선 그 위로 고양이처럼 날아가 다섯 번째 건달 몸 위를 아슬아슬하게 스쳐 지나가 뒹굴며 자리에서 일어났다. 나름대로 건달들 세계에선 시원스런 낙법이라고 할 만했다.
다시금 일제히 박수가 터지고 이어 바로 기를 죽이겠다는 듯 구암이 둘째를 불렀다.
둘째 천붕이 보여주는 것은 날라차기였다. 천붕은 부근에 있는 나뭇가지 하나를 손으로 가리키며 말했다.
"내가 저걸 발로 부러뜨리겠다."
길게 숨을 들이쉰 천붕은 다다다닥 달리더니 오른발을 쭉 뻗고 왼발은 그 옆으로 접은 상태로 멋지게 날아올랐다.
"아뵤~"
슈우욱.
뭐, 이런 소리가 난 것은 아니었지만 모두들 그런 소리가 들린 것처럼 생각들 만치 멋진 날라차기였다.
쿠궁!
안타깝게도 첫 번째 시도는 실패였다. 그의 다리는 아슬아슬하게 나뭇가지 아래를 스치고 지나갔고 몸은 그 자세 그대로 바닥에 곤두박질쳤다. 하지만 천붕은 그것으로 좌절할 사내가 아니었다. 주위에서도 격려가 쏟아졌다.
"힘내세요, 천붕님!"

"넌 할 수 있어! 자자, 다시다시!"

"형님, 여유를 가지세요."

여러 격려 속에 천붕은 양 손바닥에 침을 퉤 하고 뱉어 박박 문지른 후 다시금 몸을 날렸다.

다다다다닥—

슈우욱—

몸이 허공을 날아 쭉 뻗었다. 그의 오른발이 나뭇가지 위를 스쳐 올라가고 접은 상태인 왼발이 나무 아래쪽으로 향하는 불상사가 벌어졌다. 그의 두 다리가 위아래로 나무 사이에 끼었고 그로 인해 그의 몸은 나뭇가지에 대롱대롱 매달리다가 몸무게를 이기지 못하고 그만 나뭇가지가 툭 하고 끊어져 버렸다.

쿵, 소리와 함께 땅으로 곤두박질친 천붕의 모습에 구암 등이 황당함을 금치 못했다. 이건 개망신이었다. 하지만 천붕은 넘어지는 순간 벌떡 일어서더니 의기양양한 듯 웃음을 터뜨렸다.

"어떠냐? 내 두 다리로 나뭇가지를 끊는 솜씨가 말이다. 하하하하!"

원래 처음의 의도가 그러했었다는 듯 천붕은 크게 말했고 그 말에 구암은 다시금 활기를 되찾아 말을 보탰다.

"하하하, 너의 양다리 꺾기는 언제 봐도 예술이구나. 하하하, 수고했다."

하지만 등으로는 몰래 식은땀이 흐르는 것을 금할 수 없었다.

'다음번엔 잘해, 자식아. 으이구~'

표영이 감명받았다는 듯 고개를 끄덕이고 구암을 향해 말했다.

"부하들은 그렇다 치고 너는 뭐 대단한 기술이라도 있는 거냐?"

구암은 거지가 버르장머리없이 말하는 게 거슬렸지만 이제 마지막에 자신의 멋진 시범을 보임으로 완벽하게 기를 꺾어둘 생각이었다.

"나? 하하, 그래도 보는 눈은 있어서 대단한 것이 있는 줄은 알아보는구나. 좋다. 네놈들에게 내가 왜 대장일 수밖에 없는지를 보여주도록 하마."

구암은 주위를 둘러보며 적당한 돌덩이를 하나 주워 양손에 쥐었다. 양손으로 받쳐 들어야 할 정도의 크기인 돌덩어리였다.

"잘 봐라. 이 돌덩이는 산산조각날 것이니 말이다."

그는 있는 힘껏 머리로 받았고 돌이 그대로 세 조각나 버렸다.

"하하하, 어떠냐. 이놈들, 어서 무릎 꿇어라!"

이 정도면 충분히 이해했을 것 같았다.

하지만 정작 그의 귓가로 들려온 말은 기대와는 딴판이었다.

"야, 임마. 니 이마에서 지금 피나."

혁성의 말 그대로였다. 돌이 세 조각난 것은 좋았는데 구암의 이마도 깨져 피가 질질 흘러내리고 있었던 것이다. 구암의 그 지렁이 같은 흉터 자국에서 피는 계속 새어 나오고 있었다. 그는 속으론 엄청 쪽팔렸지만 내색하지 않고 난폭스럽게 수하의 옷을 찢어 이마에 감쌌다.

그 모습을 보며 표영이 말했다.

"좋다, 잘 봤다. 그럼 이제 우리도 너희들에게 보여줘야겠지?"

"하하하, 그래? 거지 녀석들도 보여줄 게 있다 이것이렷다!"

"당문천, 네가 해봐라."

당문천이 씨익 웃고 나섰다. 그는 바로 암기와 독의 대가가 아니던가. 그는 바닥에서 작은 돌멩이 하나를 집어 들고 패거리들을 향해 말했다.

"잘 봐라."

그리곤 마침 하늘 위를 날아다니는 참새 한 마리를 향해 던졌다.

쉭—

공기를 가르는 섬뜩한 소리와 함께 참새는 그대로 얻어맞고 땅으로 추락했다. 그 광경은 양아치들의 입을 쩍 벌어지게 하고도 남음이 있었다. 솔직히 믿을 수가 없었다.

"헉!"

"설마… 이게 진짜는 아니겠지?"

"뭐, 뭐냐, 대체……."

우두머리 구암으로서도 쉽게 납득하기 어려운 일이었다. 이런 걸 보고 눈으로 보아도 믿지 못한다고 하는 것이리라. 구암은 당문천을 향해 손가락질하며 호통 쳤다.

"이놈! 그냥 날아가던 새가 지 혼자 떨어진 걸 가지고 네놈이 한 것처럼 호들갑을 떠느냐! 인정할 수 없다!"

그 말에 당문천이 다시 돌을 하나 들었다.

"어이, 친구들. 거기 꼼짝 말고 있어. 움직이면 안 되네."

다시금 암기의 달인 당문천이 손을 뿌렸고 돌멩이는 쌩 하고 날아 아름드리 나무를 그대로 관통해 버렸다.

팍!

"헉……!"

여기저기서 탄성이 터지고 몸이 굳은 듯 움직일 수조차 없었다. 저 두꺼운 나무가 그대로 뚫려 버린 것이다. 이건 부인하고 싶어도 어찌해 볼 수 없는 증거였다.

구암의 안색이 급변했다.

"아하하… 아이고, 저희들은 바빠서 이만 가봐야겠습니다요. 애들아, 가자."

"네, 그럼요. 어서 가야죠."

그때 표영의 신형이 바람처럼 움직여 구암 앞에 이르렀다. 구암은 저만치 있던 사람이 갑작스럽게 나타나자 화들짝 놀라 그만 뒤로 넘어져 버렸다.

"어딜 가나, 부탁 한 가지는 들어주고 가야지……."

표영이 씨익 웃으며 말하자 구암이 억지로 웃음을 지은 채 고개를 끄덕였다.

"아하하… 그럴까요? 뭐, 아무것이나 말씀하십시오."

"사실 지금 내 제자가 수련을 해야 하는데 자네들이 좀 도와줬으면 하네만……."

"아, 그럼요. 당연히 도와야죠. 어떻게 하면 되겠습니까?"

구암이 자리에서 일어나 적극적으로 의사를 밝혔다. 까닥 잘못했다간 돌멩이에 맞아 배에 구멍이 날 판인데 뭐든지 못할 것이 없었다.

"애들아, 우리 힘껏 도와드리자."

"아, 당연한 말씀입죠."

그 말을 들은 혁성은 무슨 일이 벌어지려는지 짐작하고 경악하지 않을 수 없었다.

"사, 사부님! 어떻게… 그런 일을……!"

"이놈아, 늑대보다 낫지 왜 그래."

그리곤 구암 일행에게 수련의 방법을 자세히 설명했다. 그것의 요지는 견치지겁에서 꼭 필요한 개를 대신해 혁성을 물어뜯으라는 것이었다. 얻어터지는 것에 비해 이건 훨씬 수월하기 그지없는 일이었다.

"사부님, 정말 그러실 겁니… 크악!"

혁성의 말은 더 이상 이어지지 못했다. 어느덧 구암을 비롯한 오십여 명에 이른 패거리들이 우르르 달려들어 혁성의 온몸을 물어뜯은 것이다.

"으르릉… 왈왈……!"

짖으라고 시킨 것도 아닌데도 불구하고 소리까지 개하고 비슷하게 냈다.

"으악! 살려… 살살 물어… 으아악……!"

그 옆에는 진백이 물끄러미 이해할 수 없다는 듯 바라보고 있었다.

곤륜사인방의 어설픈 침입 이후 몇 차례 더 구체적인 침입이 있었다.

전문 토굴꾼들인 우형, 우난 형제가 땅을 파고 들어와 천보갑의 열쇠를 탈취하려고 했으나 은신술에 능통한 지문환에게 걸려 들통나는 바람에 격한 고문을 당하고 풀려났는가 하면, 서역에서 명성을 날리는 십환수(十幻手) 좌경이 수하 십여 명을 데리고 나타나 소란을 피우기도 했다. 하지만 십환수 등이 날뛴다고 곱게 열쇠를 바칠 사람들도 아니고 능력도 모두 그 이상인지라 그런 소동들은 그저 작은 소동에 불과할 뿐이었다.

정한 기한이 가까이 이르자 곤륜산 동쪽 기슭에 자리한 오유태의 거처 쪽으로 무림인들이 속속들이 나타났다.

요청을 받은 대학사 일이관지(一以貫之) 소하천이 수하 열 명과 함께 도착했고 혈곡의 곡주 단천우와 혈곡의 수많은 고수들도 모습을 드러냈다.

그리고 하루가 지나고 또 하루가 지나갈수록 모여드는 이들은 점점 많아졌다. 그들은 각기 검과 자신만의 무기를 들고 왔고 또 다른 것들도 어깨에 잔뜩 짊어지고 곤륜에 도착했다.

그들의 어깨에 놓여 있는 것은 어떤 사람에게는 호기심의 덩어리였고 또 어떤 사람에게는 욕망의 덩어리였다.

그렇게 곤륜은 천보갑을 두고 욕망에 사로잡힌 공기로 점점 둘러싸여 갔다.

19장
오비원의 보물

오비원의 보물

날 용서해 다오.
나의 보물을 너에게 주고 싶구나.
널 보내고 내가 얼마나 어리석었는지를 알게 되었단다.
너와, 며늘아기, 그리고 나의 손자가 보고 싶구나.
행복하렴.

—오비원.

 이 밤이 지나고 내일 정오가 되면 천보갑은 열려 그 안의 신비를 드러낼 것이다.
 이제 고작 하루도 남지 않은 이 밤은 이미 저녁부터 곤륜의 모든 공간을 팽팽한 긴장으로 몰고 갔다. 공기들은 날카롭게 날이 선 칼날처럼 대기 중을 떠돌았다. 누군가 자칫 숨이라도 크게 쉴라치면 날카로운 공기에 의해 폐가 난도질당할지도 모를 정도로.
 또 한 편에서는 짙은 욕망의 덩어리들이 그 사이사이를 누볐다.
 몽롱한 눈빛으로 어딘가를 응시하고는 있으나 그 눈빛이 닿는 곳에는 정작 앞에 펼쳐진 광경은 전혀 보이질 않고 전혀 본 적이 없는 특이하고 신비로운 광채를 뿜어내는 비급만이 눈동자 가득 보일 뿐이었다.
 어떤 사람들에게는 모든 것이 비급으로 보였다.

 풀잎 하나.
 나무 한 그루.
 저 높이 떠 있는 달.
 스치는 바람.

 심지어 바닥에 흩날리는 흙가루마저 비급의 글씨로 보일 정도였다.
 그들의 몸에서는 썩은 욕망의 냄새가 추하고 역겹게 풍겨 나왔다. 그건 시장 바닥에서 썩어가는 비리고 비린 생선 냄새보다도 더욱 지독한 것이었다.
 하지만 유유상종이라고 하지 않던가. 역겨운 냄새가 지독하게 풍겨도 그들은 묘하게도 한데 뭉쳐 가까이에 이르러 있어 전혀 서로의 몸에서 나는 그 쓰레기 같은 냄새를 맡지 못했다.
 그들은 어느 누구도 말을 꺼내진 않았지만 눈빛은 그 어떤 목소리보다도 더 크게 외치고 있었다.

―천하제일고수가 되고 싶다!
―세상의 모두를 내 발 아래 두고 싶다!
―한 목소리로 나를 칭송하지 않느냐! 으하하하!
―내 말이 곧 중원의 법이며 내 말이 곧 생명이다!

 밤이 깊어갈수록 그들의 망상은 커져 갔고 어느 순간에는 최고수가 되어 세상을 내려다보고 있었다. 욕망의 밤이 그들의 무의식에 잠재된 욕망을 철저히 끌어내고 있는 것이다.
 이 밤의 광경은 세 부류로 나누어 진을 갖추고 있었다.
 하나는 오유태의 거처를 중심으로 포진해 있는 약 만여 명의 정파인들이었다. 거기엔 구대문파의 정예들, 오대세가의 고수들을 비롯해 작은 군소방파들이 모여 있었다.
 또 하나는 정파인들로부터 남쪽 방향으로 약 이백여 장 떨어진 곳에 일이관지 소하천과 그의 수종들의 천막이 자리했다. 이들이 바로 정파와 사파의 경계를 이루고 있었고 일이관지 소하천은 내일 가장 중요한 역할을 수행할 것이다.
 마지막으로 일이관지 소하천의 천막에서 정파의 반대되는 방향으로 혈곡을 위시한 사파의 무리들이 약 만여 명 정도 자리를 잡고 있었다.
 그저 만 명이 모여 있다라는 것을 누군가에게 전해 듣는 것과 실제 만 명이 운집해 있는 것을 눈으로 보고 그 자리에 함께 있다는 건 너무도 큰 차이가 나는 것이다.
 도합 2만여 명이 뿜어내는 숨결은 어두운 곤륜에 더욱 긴장감을 배가시켰고 그들의 몸에서 피어나는 기세는 어느 순간에 땅을 갈라 버

오비원의 보물

릴 것만 같았다.
 이 두 세력은 각기 만여 명이 한 덩이로 변한 듯 보였다.
 정파의 세력이 하나가 된 용과 사파의 세력이 하나가 된 커다란 호랑이가 마주 대하고 있는 것처럼 둘의 기세는 흉흉하기 이를 데 없었다.
 그들 중에는 비급에 대한 욕망없이 그저 두려움에 사로잡힌 자들도 있었다. 정파와 사파를 막론하고 그런 마음을 가진 자들은 이 밤이 흐르는 것이 한없이 빠르게 느껴져 조급하기만 했다.
 재앙을 감지하는 곤충이나 벌레들처럼 그들은 대살육이 이 곤륜에서 일어날 것이라 생각했다. 그건 그저 두려움에 의해 생겨난 망상이 아니었다. 천보갑이 열리면 누구도 양보하지 않을 것은 불을 보듯 뻔한 일이 아니겠는가. 천선부를 위시한 그 어느 누구도 신공이 적힌 비급이 혈곡의 손에 떨어지는 것을 바라지 않았다.
 결국 무림 사상 가장 큰 정사대전이 될 것이다.
 그렇기에 이들은 오늘 보는 달빛이 마지막이 될지도 모른다고 여겨 오래도록 달을 바라보았다.

 인시 초(寅時初:새벽 3시경).
 오유태가 잠을 이루지 못한 채 달을 바라보고 있을 때 표영이 그의 곁으로 다가오며 말을 걸었다.
 "잠이 오지 않나요?"
 오유태가 표영을 알아보고 반갑게 맞았다.
 "어서 오십시오."
 그는 얼마 되지 않은 기간이었지만 개방 방주 표영에게 인간적으로 감복한 상태였다. 그의 입이 다시 열렸다.
"차라리 이 밤이 이렇게 영원히 지속되었으면 좋겠군요. 내일이란 것이 없도록 말입니다."
오유태는 정사대란이 일어날 것이라 확신하고 있었다. 이제 더 이상 물러설 수 없는 길로 와버린 것이다.
"잠깐 걸을까요?"
표영의 말에 오유태가 따로 할 이야기가 있어서 그런 것이라 여기고 고개를 끄덕였다.
"좋습니다."
사람의 인적이 드문 곳을 찾기는 힘들었지만 그나마 그중에서도 약간 거리가 있는 곳에 이르렀을 때 표영이 자리를 잡자 그 옆으로 오유태가 앉았다. 잠시 말이 없던 표영은 침묵을 깨고 여느 때와는 달리 진중한 목소리로 말했다.
"진인께서는 상황이 이렇게 되리라고는 생각지 못하셨을 겁니다."
"그렇지요."
오유태의 목소리는 스치는 바람처럼 느껴졌다. 곧바로 그의 말이 이어졌다.
"게다가 이 못난 놈은 아버지의 진심을 이해하지 못했고 말입니다."
표영은 그의 말속에서 '돌아가시기 전 용서를 빌었어야 했습니다'라는 말이 생략되어 있다고 생각했다. 오비원과 그의 아들 오유태는 그렇게 다른 세상에 놓여 있게 된 이 시점에서 하나가 되었다.
"그래서 한 가지 부탁을 드릴까 합니다."

"방주님의 부탁이라면 거절할 까닭이 있겠습니까?"

"간단한 문제는 아닙니다. 거절하셔도 됩니다."

표영은 그 부탁에 대한 이야기부터는 전음을 사용했다.

"내일 천보갑이 열린 후에 비무가 있게 될 것은 알고 계시리라 봅니다. 우리는 비무에서 반드시 이기지 않으면 안 됩니다. 아니, 반드시 이길 수 있으리라 봅니다. 그렇게 비무의 결과가 우리 측의 승리로 결정이 나면 비급을 없애 버렸으면 합니다. 그 자리에서 즉시 말입니다. 그것이 세상에서 사라져야만 대분란이 일어나지 않게 됩니다. 이미 금환신공은 천선부에 원본이 있고 새롭게 창안한 것이라면, 사실 익힐 마음이 없다면 애초부터 없었던 것으로 생각하면 되니까 말입니다. 제가 생각하기로 이렇게 하지 않으면 그 뒤의 분쟁을 막을 수는 없을 겁니다."

전음을 듣는 오유태는 가만히 고개를 끄덕였다.

"음, 그 일로 인해 방주께서 위험을 당하지 않겠습니까? 사실 제게 있어선 어떤 대단한 신공이라도 중요하지 않습니다. 이미 아버지의 마음을 본 것으로 족하답니다. 저는 현재의 이 생활에 만족하고 있고 이미 큰 형님께서도 천선부를 잘 이끌고 계시니 제가 돌아갈 이유는 없는 것이죠. 하지만 어리석은 사람들의 원망을 사게 되실까 두렵습니다."

그 말에도 일리가 있었지만 표영의 각오는 확고했다.

"분명 그 자리에서 즉시 소거하지 않고 조금이라도 머뭇거린다면 문제는 더욱 커질 겁니다. 하지만 비급이 사라지게 되면 그때부터 목표는 비급을 없애 버린 제가 될 것입니다. 하지만 그것도 그리 오래가지는 않을 것이니 너무 심각하게 생각하실 필요는 없습니다."

오유태의 마음에 잔잔한 파문이 일었다. 아무래도 비급을 파기하는 것이 참혹한 비극을 초래하지 않는 방법일 것이 분명했다.

'걸인의 삶을 산다는 것은 참으로 특별하고도 신비롭구나. 도대체 방주의 삶이 어떠하기에…….'

지금 이 순간 초라한 외모의 표영은 거대한 산처럼 위대해 보였다.

"부디 방주님의 뜻대로 이루어지길 빌겠습니다."

표영의 얼굴에 만족스러운 미소가 옅게 번졌다.

"좋습니다. 그럼 제가 내일 행동에 옮길 때까지 비밀로 해주셔야 합니다. 이건 누구에게도 말씀해선 안 됩니다. 정파인들 중에서도 신공을 탐내는 자들이 있어 비급이 사라지는 것을 바라지 않을 수도 있으니까요."

"말씀대로 하겠습니다."

두 사람은 거기까지 대화를 나눈 후 아무 말도 없이 앞만 응시했다.

운명의 시간은 어김없이 다가왔다.

정오의 하늘은 유난히 높고 투명하리만치 맑았다. 곤륜에 감도는 욕망에 찬 공기들은 그런 맑은 하늘과 기묘한 어색함으로 맞물려 있었다.

특히나 욕망에 찌든 영혼들은 더욱 그러했는데 어두운 구석에서 몸을 드러내고 싶지 않을 때 갑작스레 너무도 밝은 빛이 환하게 비춰 당혹감에 사로잡히는 그런 느낌을 받았다. 그 느낌은 땅을 딛고 있지만 어설프게 몸이 공중에 붕 뜬 듯한 느낌이랄 수 있었다.

이런 날은 먹구름이 짙게 끼어 있으면 좋으련만.

이런 날은 비라도 실컷 퍼부어준다면 좋으련만.

하지만 야속하게도 햇살은 구름 한 점 없이 하늘에서 강렬하게 지상으로 쏟아졌다.

지난밤의 긴장감에 거의 대부분의 사람들이 한숨도 제대로 자지 못했지만 어느 누구도 눈을 비비거나 잠이 모자라다며 투정하는 사람은 없었다. 피곤한 줄도 몰랐다.

오히려 안광은 더욱 예리하게 번뜩거렸고 눈동자들은 곤륜에서 일어나는 일들은 그 어떤 것도 놓치지 않겠노라는 다짐과 각오가 가득 들어 있었다.

해가 정확히 사람들의 머리 위에 자리 잡게 되었을 때 정, 사파 2만여 명의 고수들의 시선은 중앙에 위치한 일이관지 소하천에게로 향했다.

비급의 개봉.

정, 사파 대표 오 대 오의 비무.

그리고… 끝.

하지만 그것이 과연 끝일지는 어느 누구도 장담할 수 없었다.

일이관지 소하천은 열 명의 수하들을 뒤로한 채 드디어 입을 열었다.

"자, 각기 천보갑과 열쇠를 가지고 다섯 분씩 나와주시길 바랍니다."

웅후한 내력이 가득 담긴 맑은 음성이었다. 산을 울릴 정도는 아니었지만 묘하게도 음성은 모두의 귓가에 또렷이 각인되었다.

정파 쪽에선 개방의 방주 표영과 천선부주 오경운, 그리고 무당파 장문 운학, 화산파 장문 양천일, 곤륜파 장문 뇌추풍이 나왔고 사파 쪽에선 혈곡의 곡주 단천우와 그 뒤로 네 명의 장로가 뒤따랐다.

그들은 하나같이 절정의 고수들인지라 천천히 걸어오는 듯 보였으나 어느새 몸은 가까이 이르러 있었다. 소하천으로부터 약 5장(16미터)여가량 떨어진 곳에 이르게 되었을 때 모두는 걸음을 멈췄다.

소하천이 두 수하에게 눈짓을 보내자 두 수하가 각기 정파와 사파 쪽으로 걸음을 옮겼다. 정파 쪽에선 천선부주 오경운이 천보갑의 열쇠를 건네주었고 사파 쪽에선 단천우가 살기등등한 위협적인 얼굴로 천보갑을 건네주었다.

이미 중앙 쪽에는 탁자가 마련되어 있었는데 두 수하는 각기 천보갑과 열쇠를 조심스럽게 내려놓았다.

소하천의 입이 열렸다. .

"이제부터 천보갑을 열도록 하겠습니다. 이미 맺은 약속을 잊지 마시길 바랍니다. 천보갑을 열어 비급을 확인한 후 정식으로 비무를 이루어 승리하는 쪽에 넘기도록 하겠습니다. 먼저 손을 쓰는 이가 있다면 그와 그 무리는 무림의 공적으로 모두의 공격을 받게 될 것입니다. 또한 비무가 끝난 이후에도 결과에 깨끗이 승복해야 하는 것도 잊지 마시길 바랍니다."

소하천의 선언에 4만 개의 눈동자가 더욱 강렬하게 천보갑에 쏟아졌다. 이제 곤륜의 공기는 멈춰 버린 듯했고 어느 누구도 크게 숨 한 번 제대로 쉬지 못했다.

소하천이 비취옥 같은 열쇠를 천보갑의 열쇠 구멍에 들이댔다.

스르륵.

'오호… 이럴 수가……!'

소하천은 이 신기한 광경에 놀라움을 금치 못했다. 열쇠를 그저 천보갑의 구멍에 살짝 대기만 했는데도 불구하고 안쪽에서 강렬하게 빨아들여 흡수해 버린 것이다.

그리고 이어 변화가 일어났다. 열쇠 구멍으로부터 비취 빛 광채가 뿌옇게 일더니 바깥으로 아지랑이같이 피어났다.

철컥.

귀영대의 대주 악풍과 백미마군이 그토록 열어보고자 했음에도 열지 못했던 천보갑이 드디어 세상을 향해 입을 벌린 것이다.

소하천은 진중한 표정으로 천보갑 안을 들여다보았다. 거기엔 잘 접힌 서신 한 장이 있었고 그 밑으로 비급 하나가 놓여져 있었다. 소하천은 서신을 들어 읽어 나갔고 그의 얼굴은 서서히 경탄스런 기색으로 물들었다.

'보물이 바로 이것이었나……!'

다음으로 그는 서신 아래 있던 비급의 이름을 보고 다시 한 번 고개를 끄덕이며 하늘을 바라보았다.

'건곤진인, 그대는 세상을 떠난 후에도 다시 나를 놀라게 하는구려.'

그때였다.

바람 소리조차 내지 않고 단천우와 혈곡의 네 장로가 일이관지 소하천을 덮쳤다. 고작 5장여 떨어진 거리였기에 이미 뭔가 움직였다 싶은 순간 단천우는 매의 발톱같이 손을 세우고 소하천으로부터 천보갑과 서신을 낚아챘다. 소하천이 어떻게 방비해 볼 수 없을 정도로 재빠른 움직임이었다.

그와 더불어 정파 쪽 인사인 표영 등이 신형을 날려봤지만 어느덧 혈곡의 네 장로는 소하천과 그의 수하 세 명을 인질로 잡고 위협하고 있어 더 이상 어찌 손을 쓸 수가 없었다.

"무슨 짓이냐!"

"무림의 공적이 되고 싶은 게요!"

"일대종사다운 면모를 갖추시오!"

큰 호통이 이어지는 가운데 이 급작스런 상황의 변화에 정, 사파 2만여 고수들이 빠른 속도로 가까이 좁혀들었다. 이대로 속도를 늦추지 않고 달려든다면 자칫 혼전이 벌어질 가능성이 높았다. 틀림없이 대살육전이 이곳에서 일어날 것이다.

표영은 어찌 되었든 그것만은 막아야 한다고 생각하고 한 호흡 길게 숨을 들이쉬고 비천신공을 운용하며 천음조화의 경(驚)자결을 따라 큰 음성을 내뱉었다.

"모두 멈추시오!"

그 음성엔 내공이 가득 넘쳐나 다가오는 이들의 몸과 마음을 뒤흔들어놓았다. 간담이 서늘해지고 온몸의 피부가 밀렸다가 다시 제자리로 돌아올 정도로 위력적인 소리였다. 가까이에 있던 정, 사파 고수들조차 잠시 몸이 한차례 흔들거릴 정도였다.

그로 인해 다행히 매섭게 달려들던 기세는 한풀 꺾였고 무리들은 일반적인 걸음걸이로 가까이 다가섰다. 일단 난전은 피하게 된 것이다.

그때 인질이 돼버린 일이관지 소하천이 고요한 음색으로 단천우를 향해 말했다.

"단 곡주는 절대로 그 비급을 익힐 수가 없소이다. 지금 당장 그것이 무엇인지 확인해 보시오."

"하하하! 세상천지에 내가 익힐 수 없는 것이 어디 있겠느냐."

단천우는 의기양양하게 웃으며 비급을 살펴보았다.

거기엔 자전록(子傳錄)이라 적혀 있었다.

'특이한 이름이군. 아들에게 전하는 기록?'

뭔가 이름에서 꺼림칙함을 느낀 단천우는 애써 태연한 표정으로 첫 장을 넘겼다. 글자 하나하나를 읽어 내려가던 단천우의 안색이 점점 붉게 변해갔다. 그리고 손은 책의 이곳저곳을 빠르게 살피며 눈을 가까이 들이대고 도무지 믿을 수 없다는 표정이 되었다.

그 광경을 지켜보는 수많은 사람들은 왜 저러는지 이해할 수가 없었다.

'너무 좋으면 저런 표정을 짓는 것인가?'

'우리를 속이려고 저러는 것이 분명해.'

'그러기엔 연기력이 너무 떨어지지 않는가.'

침묵 속에 여러 사람들이 제각기 단천우를 보며 판단했지만 단천우는 진정 심각하기 이를 데 없었다.

"이게 아냐… 이게 아니라구! 어찌 이따위가 보물이 될 수 있단 말이냐! 오비원, 이 나쁜 자식! 이따위를 보물이라고 거짓말을 했더란 말이냐!!"

단천우는 미친 듯이 소리 지르고 책을 찢어버리려는 듯 양손으로 좌우를 잡고 힘을 주려 했다.

"안 돼!"

"무슨 짓이냐!"

"그만두지 못해!"

"미친놈아, 정신 차려!"

사방 누구의 입에서 나온 말인지도 모를 폭언이 쏟아졌다. 천고의 비급이 사라지는 것을 원치 않는 이들의 목소리였다. 그때 변수가 발생했다.

"으헉……!"

단천우는 책을 찢어발기지 못하고 그만 그 자리에서 모래성이 무너지듯 힘없이 허물어졌다.

네 명의 장로들이 각기 인질을 팽개치고 서둘러 단천우를 부축했다. 단천우는 이미 혼절한 상태였고 몸의 반쪽이 푸르스름하게 변한 것으로 보아 주화입마가 확실했다. 장로들로서는 일단 곡주를 살리는 것이 최우선이었다. 여기에서 정파인들과 다투어봐야 아무 소용이 없다고 생각했다. 하지만 도대체 어떤 비급이기에 단주가 비통에 젖어 쓰러졌는지는 알아야 했다.

그때 소하천이 인질에서 풀려 정파 인사 쪽으로 걸어가 대표가 된 다섯 명의 인사들에게 대충 비급에 대한 설명을 해주었다.

표영은 혈곡의 장로들이 책을 살펴보도록 배려했다.

"그대들도 살펴보시오."

장로들은 두 사람씩 돌아가면서 책을 살펴보았고 그 후 그들의 얼굴엔 잔뜩 쓴웃음이 떠올랐다. 수석 장로 개천마군 봉만추가 뒤쪽을 향해 큰 소리로 말했다.

"혈곡인들은 들어라! 천보갑 따위는 잊고 지금 즉시 곡으로 돌아가도록 한다!"

이미 곡주가 쓰러진 상태에서 심상치 않은 기운을 느낀 터에 장로의 명령이 떨어지자 혈곡인들은 모두 발길을 돌렸다.

혈곡의 무리가 떠나자 정파와 사파 간 힘의 균형이 무너졌다. 그렇게 되자 심약한 사파인들은 분분히 혈곡의 뒤를 따라 도주하듯 달아났고 아직도 미련이 남은 사람들은 쭈뼛거리며 어떻게든 살펴보려 했다. 그들의 마음을 읽기라도 했음인가. 표영이 큰 소리로 말했다.

"이곳에 있는 모든 분들은 다 함께 건곤진인이 남긴 보물을 살펴보고 가도록 하시오!"

먼저 사파인들이 차례로 책자를 살폈다. 그들은 자기 차례가 오기만을 갈망하며 절대신공의 요결 몇 가지라도 외워놓아야겠다고 다짐했다. 하지만 정작 책자를 살펴본 이들은 모두 안색이 무겁게 변하거나 괜히 실없는 웃음을 짓기도 하고 또 긴 한숨을 토해내며 각기 아무런 대화도 없이 곤륜을 떠났다.

그런 광경은 아직 보지 못한 사람에게는 너무도 신비스런 구결에 전혀 이해하지 못해 답답하고 놀라워하는 모습으로 비춰졌다. 하지만 결국 그들 또한 책을 살펴본 후에는 마찬가지의 모습이 되었다.

사파인들이 다 살펴본 후에는 정파인들에게 기회가 주어졌다. 정파인들이라고 어찌 무공 비급에 대한 욕망이 없겠는가. 개중엔 사파인들보다 더한 욕망에 사로잡힌 자도 있었다. 하지만 그들도 책자를 살펴본 후에는 사파인들의 반응과 똑같은 모습을 보였다.

"가장 소중한 것이라……."

"건곤진인의 보물은 역시 대단하군."

"부끄럽기 그지없구나."

"건곤진인이 내게도 큰 선물을 준 게로군. 후후."

자전록을 모두가 다 살펴본 후에 모두의 마음엔 따뜻한 기운이 가슴으로부터 피어났다.

건곤진인 오비원이 남긴 서신의 내용은 이러했다.

태야, 오늘따라 저녁 해가 곱구나.
요즘 들어 부쩍 지는 해를 멍하니 바라보는 일이 많아졌다.

이런, 벌써 동이 뜨고 말았구나.
요즘 들어서는 아침 햇살이 부쩍 부담스럽다.

또 이렇게 몇 자 적지도 못했는데 밤이 지나고 말았구나.
네 아비는 언제나 이러는구나.
할 말은 끝없이 많은데 막상 붓을 들면 어디부터 어떻게 써야 할지…….

회한이 많은 사람들의 붓은 천 근보다 무겁다는 말을 실감하고 있단다(이 부근부터는 글자가 심하게 번져서 내용을 읽기가 어렵다. 내공의 힘을 담았다면 어지간한 물기로는 먹이 번지는 일이 없는데, 오비원은 내공을 빌지 않고 자연인 상태로 돌아가서 흐르는 눈물을 닦을 생각도 잊은 채 편지를 썼던 것이다. 고로―중략―).

아비는 주변 사람들에게 너를 없는 자식으로 치도록 엄명을 내렸다. 굳이 네 소식을 알고자 한다면 그다지 어려운 일도 아니었을 텐데 알량한 자존심이 자승자박이 되었나 보다.

딱히 음식 타박은 안 했어도 형들보다 유난히 입이 짧았던 네가 아니더냐? 타지의 거친 음식이 입에 맞기나 했을지. 딱히 사치라고는 할 수 없어도 제법 멋 부리기를 좋아하던 네가 아니더냐. 험한 땅에서 멋을 낼 여유나 있었을꼬.

아니다, 아니다. 그 정도가 아니겠지. 가진 것 하나 없이 객지로 떠난 너일진대, 세상 물정도 모르는 너일진대, 하루 세 끼나 제대로 찾아 먹고 엄동설한에 제대로 걸치기나 했을런지.
네 아비인들 어찌 편안하게 먹고 입을 수가 있었겠느냐?

아니다, 아니다. 한때의 욕심으로 자식까지 내팽개친 주제에 어찌 호의호식을 못한 것을 탓하랴. 있어도 못 먹는 내가 어찌 없어서 못 먹었을 너와 비교가 되겠느냐(다시 글자가 심하게 번지기 시작해서 제대로 읽을 수가 없다. 대략적으로는 장성한 아들임에도 부모에게는 언제나 철부지 밖에는 되지 않고, 그런 자식의 고생을 안타깝게 생각하며 눈물을 흘리는 그런 요지의 내용으로 짐작된다).

그래, 이제 이 말만은 꼭 하고 싶구나. 용서해라, 내 아들아.
그때는 왜 외면했을까. 이 아비의 뜻에 따라 무림의 용이 되든, 그 뜻에 반하여 평범한 필부가 되든 어차피 나는 너의 아비이고 너는 나의 아들인 것을…….

구차한 변명이겠다마는 다섯 손가락 깨물어서 어디 안 아픈 손가락이 있겠느냐는 평범한 세간의 말을 너에게 굳이 들려주고 싶어하는 이 아비의 마음을 헤아려 다오.

보고 싶구나.

내 아들, 그리고 너의 처인 내 며늘아기, 그리고 내 손자가 되는 너의 아이를…
보고 싶구나.

이렇게 서신은 끝을 맺었다. 오유태는 물론이거니와 이것을 읽은 모든 이들의 마음은 감동에 젖었다. 그리고 진정 인생에서 가장 소중한 것이 무엇인지를 생각했다.
'아버지, 그리운 아버지, 이 아들을 용서하십시오.'
비급으로 생각했던 자전록은 오비원이 세상을 뜨기 전까지 아들 오유태를 떠올리며 기록한 하루하루의 일기였다.

곤륜산에서 주화입마를 당해 쓰러진 단천우는 혈곡으로 급히 옮겨졌으나 기력을 회복하지 못했고 결국 1년 후에 세상을 떠났다. 그의 죽음은 울화가 치밀어 나타난 현상이라 모두들 생각했지만 사실은 그게 전부가 아니었다. 그는 그 순간 너무도 부끄러워진 것이다. 도무지 오비원을 따라갈 수 없는 보잘것없는 자신의 영혼을 들여다본 것이다. 그리고 쓰러진 후에는 눈을 뜰 용기가 나지 않았고 결국 최후를 맞이하게 되었다.

천보갑에 대한 이야기는 무림사에 빼놓을 수 없는 일화로 계속 퍼져 갔고 무림인들의 마음을 훈훈하게 지펴주었다. 긴장과 살의가 감도는 강호에 오비원은 큰 족적을 남긴 것이다. 그가 남긴 것은 아들에 대한 사랑뿐 아니라 강호를 향한 큰 가르침이었다.

표가장에 머물며 표영은 아들 은을 두 손으로 높이 치켜들며 환하게 미소 지었다.
　"우리 아들 은, 내 가장 소중한 보물이지요."

· 終 ·

마천루 스토리 6(「걸인각성」을 마치며)

작년 6월 초순 마천루에 처음 발을 디뎌 「걸인각성」을 쓴 지 어느덧 1년 하고도 2개월이 지났습니다. 그리고 이제 작가 후기성으로 마무리할 마천루 스토리도 마지막이 될 듯싶네요. 언제까지 마천루 스토리라는 이름으로 글을 올릴 수는 없는 노릇이기에 멋지게 끝낼 그 시기를 정해야 했는데 걸인각성을 마치는 이 시점이 가장 적합한 때가 아닐까 생각해서 지금 이처럼 글을 씁니다.

이건 단순히 마천루 스토리라는 이름을 달지 않는다는 것뿐이므로 다음 작품에서는 다른 이름으로 뭔가 색다른 이야기를 써 내려가게 될지도 모르겠습니다(마천루 스토리를 끝낸다는 것이 어떤 독자 분들이 말한 '난 걸인각성보다 마천루 스토리가 훨씬 좋더라' 라는 말 때문에 작가가 토라져서 그런 것은 절대 아니라는 것을 말해 두고 싶군요. 혹시나 오해할 수도 있으니까요. 어떤 글이든 마음에 와 닿는 글이 되었다면 그것이 본편이든 후기성 글이든 작가로서는 기쁘기 그지없답니다. 그런데 난 왜 이렇게 길게 설명을 늘어놓은 걸까나…).

걸인각성은 이번 권인 8권(2부)으로 마쳐지게 되었습니다. 공교롭게도 만선문의 후예도 1부와 2부를 합쳐 8권으로 마무리가 되었는데 똑같이 8권이 된 것에 대해서는 잠재적인 무의식이 그만한 분량을 적정 선이라고 생각하는 것은 아닌가라는 생각도 해보았습니다(하지만 8이라는 숫자에 대해서는 그다지 특별한 감정이 없었는데—단순해 보이지만 전 숫자 7자를 좋아합니다—이번 일로 인해 약간의 의미가 생겨난 셈이 되었군요).

원래 걸인각성의 시도는—미리 전에도 말한 바가 있지만—만선문의 후예에서 표현해 보지 못했던 걸인에 대한 부분을 좀 더 표현해 보고 싶기 때문이었습니다. 그건 매우 식욕이 당기는 시점에서 맛있게 식사를 했지만 포만감을 느끼기엔 부족한 상태라 다시금 수저를 드는 것과 같다라 할 수 있겠습니다. 그런 관점에서 걸인각성은 만선문의 후예의 아류며 또 다른 만선문의 후예라고 할 수 있습니다.

그렇기에 누군가가 '걸인각성은 만선문의 후예와 너무 비슷해 보여'라고 말한다면 본인은 고개를 끄덕일 준비가 되어 있습니다. 어쩌면 당연히 나와야 할 말이고 그렇게 느껴야 하는 것이 정상인지도 모릅니다.

앞으로의 글은 조금은 달라지지 않을까 조심스럽게 말해 봅니다. 물론 그것은 소재적인 측면에서의 변화이지 결코 그 안의 정서가 달라지는 것은 아닐 겁니다. 어느 작가에게나 자기만의 향기가 있듯 부족한 제게도 저만의 향기와 정서가 있을 테니까요. 그렇기에 만선문의 후예와 걸인각성에서 나왔던 정서는 앞으로 어떤 글을 쓰더라도 그 본질이 유지되리라 봅니다(실제 그 정서를 벗을 이유가 전혀 없습니다).

저는 저의 글이 조금은 더 무협적이어야 한다고 생각하면서도 또 한 편으로는 조금 더 동화적이어야 한다고 생각합니다. 더 무협적이어야 한다는 부분은 좀 더 세밀한 설정과 배려가 있어야 한다는 점이고, 더 동화적이어야 한다는 점은 좀 더 순수하게 읽혀져야 한다는 점입니다.

특히 동화적이어야 한다는 부분을 좀 더 설명하자면 예를 들어 걸인을 묘사할 때 크게 자극적인 요소를 사용하는 부분이 잦았는데, 그것이 비록 걸인의 특징을 극대화시킬 수 있고 단번에 머리에 이미지화시키는 효과가 있다 해도 그런 부분들을 배제하도록 노력하겠다는 뜻이 되겠습니다.

그래서 앞으로 쓰게 될 글에는 걸인에 대한 노골적인 상황들은 나오지 않을 것입니다.

걸인각성의 2부가 2권으로 끝난 것은 어떤 면에서는 아쉽게 다가오겠지만 그저 의도한 바를 나타내기엔 적격이 아닌가 싶습니다. 과연 잘 표현했는지에 대해 스스로 두렵기도 하지만 어쨌든 세상에 가장 소중한 보물이 무엇인지 정도는 말하고 싶었답니다.

각박한 세상사에서 가족을 돌아볼 여유조차 없는 현대의 생활에서도, 물질만능주의가 팽배함 속에서 가장 소중한 보물이 무엇인지를 이 글을 통해 조금만이라도 생각해 보신 분이 단 한 분이라도 계셨다면 저는 그것으로 만족합니다.

걸인각성을 끝낼 때까지 격려해 준 마천루 식구들에게 감사드립니다. 멤버이면서도 동시에 형제가 된 분들이 있었기에 기쁜 마음으로 작품에 대해 고뇌할 수 있었던 것이라 생각합니다.

또한 부족한 글을 따뜻한 시선으로 보아주신 독자님들께도 감사의 말씀을 드립니다.

좀 더 깊은 성찰과 많은 명상, 그리고 깊이 배려하는 마음으로 다음 책을 쓰고 그때 다시 만나뵈었으면 합니다.

마천루에서 김현영.

2부 들여다보기

　2부가 2권이라는 짧은 분량으로 끝을 맺게 되었습니다. 사실 걸인각성을 처음 기획할 때는 1부와 2부가 나뉘어지지 않은 상태였습니다.
　원래는 주인공 이름도 표영이 아니라 표숙이었는데—만선문의 후에 2부 1권에 짧게 그려진 곳을 보더라도…—표숙의 '숙' 자를 계속 쓰다 보니 약간은 무거운 느낌으로 계속 마음을 압박해 오는지라 그보다는 좀 더 가벼운 이름으로 가는 게 좋겠다 싶어 '영' 자로 고치게 되었습니다.
　주인공의 이름은 한두 번 나오고 말 것이 아니라 수없이 언급되는지라 작가에게 있어서는 늘 불러도 마음에 부담을 주지 않고 밝은 이미지를 줄 수 있어야 한다고 개인적으로 생각합니다. 그런 점에서 일단 표영으로 이름을 바꾼 것은 잘한 것이라 판단됩니다.
　이름에 대해 이야기가 나왔으니 한마디만 더 하자면, 2부에 어린아이가 두 명 나옵니다. 처음에 등장하는 아이는 표영의 아들인 표은이고 두 번째 등장하는, 조금은 큰 아이가 오유태의 아들 오후입니다. 두 아이 다 아들이고—그렇다고 제가 딸에 대한 편견을 가지고 있는 것은 절대 아닙니다. 오해가 없으시길. 개인적으로 둘째가 태어난다면 딸아이가 좋을 것 같다고 생각하고 있으니까요—2부에서는 비중있는 인물들의 자식인데 두 아이의 이름을 합치면 저에겐 소중한 보물의 이름이 됩니다. 이런 장치를 사용할 수 있다는 것은 작가로서의 또 다른 기쁨이 아닐까라는 생각이 듭니다.
　이야기가 잠시 이름 때문에 옆으로 샜습니다만 처음으로 돌아가자면, 원래 1, 2부로 나뉘어지지 않고 쭉 이어가며 천보갑 사건으로 매듭을 지으려 했었습니다.

하지만 쓰다 보니 선을 확실히 긋고 다시 정리해서 바라보도록 하는 시각이 더 낫겠다 싶었습니다. 그래서 정한 것이 1부는 〈표영, 개방의 방주가 되다〉가 되었고, 2부는 〈천보갑 사건, 가장 소중한 보물〉이라는 주제로 표현하게 되었습니다.

혹여 어떤 독자 분들은—저로선 대다수이길 바랍니다만—2부가 너무 짧은 것이 아니냐라고 말씀하실 수도 있으리라 봅니다. 네, 물론 조금 짧은 감이 없지 않아 있지만 꼭 하고 싶은 내용만 스피드하게 전하고 싶었습니다.

2부에서 나타내고자 하는 것이 힘난한 강호에서 진정 가치있는 것은 힘이나 권력, 명예 따위가 아니라 아버지의 사랑이며, 자녀들을 위하는 마음이라는 것을 보여주고 싶었습니다. 우리가 사는 〈세상〉은 중원의 강호와 같아 하루하루 살과 피가 튀는 나날일지라도 그 속에서 인간 본연의 정을 잊지 말고 근본으로 돌아가자는 생각이 들었습니다.

백행(百行)의 근본은 효(孝)라고 했고 세상이 수만 년이 흘러도 변치 않을 것이 어버이의 사랑이라 했습니다. 걸인각성이 무협이긴 하지만 그 속에서 무언가를 생각할 수 있는 글이 되길 진심으로 바랍니다(그렇다고 뭔가 거창한 걸 바라는 것은 결코 아닙니다. 편안하게 바라보며 그저 사는 동안에 슬쩍 떠오르는 이미지, 혹은 으음… 그래, 이런 마음도 필요하지라고 한번 정도 생각할 수 있다면 그것으로 만족합니다).

마천루 홈페이지(www.machunru.net)에 올라온 글 중에 어떤 독자 분이 2부 7권을 보시고 '너무 많은 사람이 죽어가고 있어요~'라는 논지로 글을 적으신 걸 보았습니다. 혹시 작가가 이상하게 변한 것은 아닌가라는 의문점을 달고서 말이죠.

그렇기도 한 것이 만선문의 후예나 걸인각성 1부에서 거의 사람 죽어 나가는 것을 보지 못하다가 갑작스레 페이지 넘기기가 무섭게 죽어가니 당황스럽기도 하셨으리라 봅니다.

　물론 거기에 답변을 하긴 했습니다만 이 자리에서 다시 말씀드리자면 2부에서 많은 사람이 죽어가는 것은 그만큼 많은 사람이 죽어서는 안 된다는 것을 더욱 강력하게 알려주기 위함입니다.

　오로지 신공비급을 차지하기 위해 나를 아끼고 사랑하는 사람을 살해하는 모습들, 하지만 정작 천보갑을 손에 넣지만 그 뒤에 밀려드는 형용하기 힘든 불안감.

　자신을 믿고 따르던 사람을 자신이 잔인하게 죽인 것처럼 세상 그 어느 누구도 이젠 믿을 수 없게 돼버린 현실 앞에 그들은 불안하기만 합니다. 아무리 그 앞에서 누군가 친근하고 진솔한 미소를 짓는다 해도 결코 신뢰하거나 믿을 수 없는 괴상한 사람이 돼버리고 만 것이죠.

　행복할 것이라고 생각했지만 그들은 결코 만족감을 얻지 못했고 결국 또 다른 배신을 당할 수밖에 없었습니다. 천보갑에 욕망을 품은 자들 중 어느 누구도 살아나질 못했던 겁니다. 오비원은—스타워즈에 등장하는 오비완의 이름과 어떤 관련이 있는가 물어보는 분들이 있습니다만 그것과는 전혀 관련이 없답니다—살아서 힘으로 강호를 굳건히 지켰지만 죽은 후에는 천보갑을 통해 더 강력하게 강호를 향해 외칩니다. 진정 소중한 것은 무공의 뛰어남이나 보물을 간직하고 있음이 아니라 '자녀를 사랑하는 마음이며 부모의 애틋한 사랑의 마음이다' 라고 말이죠.

　이런 까닭으로 인해 부득이하게 많은 사람이 죽었지만 그들의 죽음이 헛되지 않도록 가장 소중한 것이 무엇인지 새겨야 되겠죠!

　그런 의미에서 2부에서의 주인공은 표영이 아니라 천보갑이라고 해야 옳을 듯합니다. 왠지 표영은 천보갑의 들러리로 나선 듯하죠.

　2부에서 또 하나 강력하게 나타내고 싶었던 것이 바로 2부 7권에서 언급

된 마천의 멸망에 대한 부분입니다.

　이 부분의 모티브는 바이블에 등장하는, 혹은 영화 십계에서 잘 표현된 출애굽 장면입니다. 영화 속에서 가장 인상 깊게 보았던 부분인지라 자연스럽게 나왔고 또 인상 깊었던 만큼 한번 적어보고 싶은 마음이 간절했습니다.

　열 가지 재앙은 일곱 가지 재앙으로 표현했고 유월절(逾越節) 날 어린 양의 피를 문설주와 인방에 발라 재앙을 면하는 표로 삼은 것은 붉은색 띠로 나타냈습니다.

　그리고 검은 묵광이 뻗어 나가며 붉은 띠를 하지 않은 마천인들을 멸하는 것을 표현할 때는 인디아나 존스(1편 레이더스—법궤편)에서 언약궤를 열자 천사가 아름다운 모습으로 나타나더니 순식간에 악령으로 변해 나치의 잔당들을 쓸어버리는 영상을—그 장면은 워낙 인상 깊게 남아 있던지라…—떠올리고 기록했습니다. 원래 묘사할 때 십계 영화를 따라 초록빛 안개로 표현하려 했지만 사건의 성격상 흑운신이 출동해야 할 입장이었기에 묵광으로 표현하게 되었습니다.

　이렇게 해서 2부에서 나타내고자 하는 바를 설명드렸습니다(그 외에 2부에 대해 언급해 놓은 것이 홈페이지에 있으니 오셔서 봐도 좋으리라 여겨집니다).

　이제 걸인각성은 끝을 맺지만 새롭게 시작하는 글을 통해서 좀 더 가깝게, 좀 더 많은 분들과 만나기를 희망합니다.

　모든 독자 분들에게 멋진 나날이 펼쳐지길 바라며 이만 글을 줄입니다.

時代超越
시대초월

세대와 세대를 넘은 기다림 끝에 드디어 태어나다!

대가大家 금강金剛
무협 20주년 기념 특선작!!

이 시대 정통대하무협의 금자탑(金字塔)!
장쾌함과 호쾌함이 아우러진 강렬한
대륙적 대서사시!
필생(筆生)의 기념비적 역작(力作)!

시대를 선도해 온 대가 금강金剛이 펼쳐 보이는
정통 무(武)와 협(俠)의 도도한 흐름 속으로
흠뻑 빠져든다!

대풍운연의 大風雲演義 · 금강金剛 신무협 판타지 소설
①~⑧권 / 값 7,500원

일간스포츠에 장기 연재되어
선풍적인 인기를 끌었던
화제의 바로 그 작품, 드디어 출간!

이제 청어람을 통해 금강金剛 무협의 정수를 접하실 수 있습니다.

도서출판 청어람 www.chungeoram.com 우 420-011 부천시 원미구 심곡1동 350-1 남성빌딩 3F TEL : 032-656-4452/54 FAX : 032-656-4453 Email : eoram99@chol.com

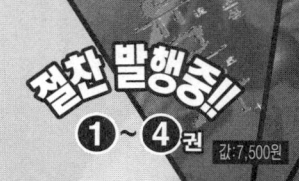

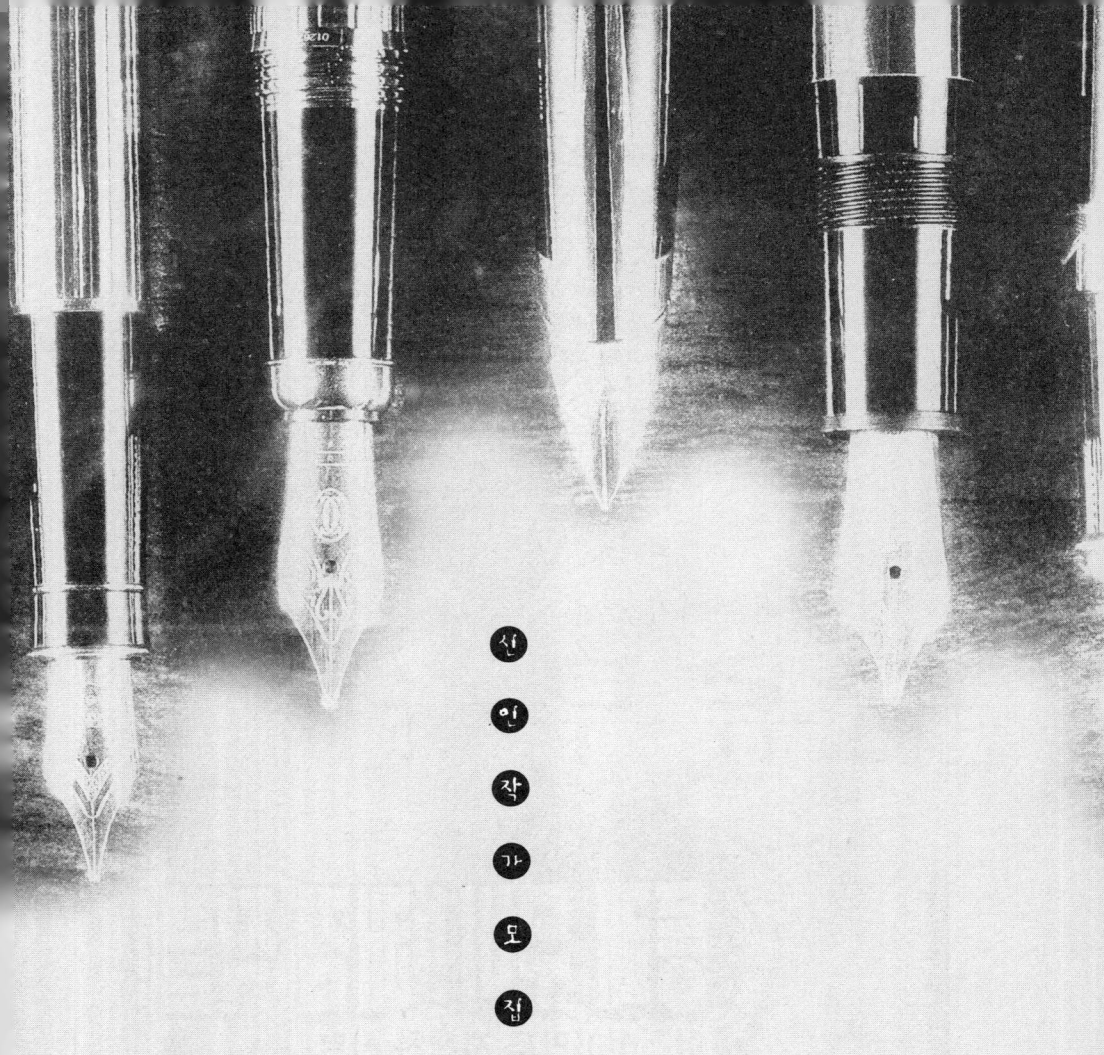